하치의 마지막 연인

HACHIKO NO SAIGONO KOIBITO
by Banana YOSHIMOTO

Copyright © 1996 by Banana Yoshimoto
All rights reserved.
Japanese original edition published by ChuoKoron-Shinsha, Inc., Japan.

Korean Translation Copyright © 1999, 2011 by Minumsa

Korean translation rights arranged with Banana Yoshimoto
through ZIPANGO, S.L..

이 책의 한국어 판 저작권은 ZIPANGO, S.L.을 통해
Banana Yoshimoto와 독점 계약한 (주)민음사에 있습니다.

저작권법에 의해 한국 내에서 보호를 받는 저작물이므로
무단 전재와 무단 복제를 금합니다.

하치의 마지막 연인

요시모토 바나나

김난주 옮김

민음사

차 례

하치 • 7

제1장 • 29

제2장 • 41

제3장 • 56

제4장 • 86

제5장 • 100

끝, 시작 • 116

군밤 • 122

옮긴이의 말 • 127

하치

 살아 있음을 증오했던 것은 아닌데, 늘 꿈속처럼 생의 모든 장면이 멀고 뿌옇기만 했다. 많은 것들을 아주 가깝게 혹은 부자연스럽게 멀리 느꼈다.
 그 시절, 내가 속한 세계에서 내 귀가 알아들을 수 있고 색깔 있는 말을 하는 사람은, 안 지 얼마 안 된 하치뿐이었다.
 그래서 하치와 지내는 시간만이 유일하게, 내가 나 자신과 데이트할 수 있는 시간이었다.
 그 한때는 아주 짧고 애틋한 랑데부였지만 모든 것을 보듬고 있는 싹이었다.
 태양을 향해, 관능적일 만큼 대범하게 쑥쑥 자라나기 위한.

하치의 집에는 나보다 나이가 많은 여자가 살고 있었다. 그래 봐야 고작 고등학교 3학년이었지만.

무척 편하고 좋은 사람이었다. 하지만 시너니 스피드* 니 누군가가 모는 오토바이 꽁무니에 올라타고 나가는 한밤중의 외출이니 하는 것들로 분주한 데다 아무튼 항상 서두르기에, 함께 있으면 피곤했다.

그 사람은 늘 그런 식으로 집을 비우는 주제에, 내가 하치랑 옥상에서 별을 올려다보거나 가벼운 키스를 나누며 아주 조금은 서로를 이해한 듯 달콤한 기분에 젖어 있을 때 돌아오곤 하면, 매우 언짢아했다.

둘이 있을 때면 나는 그 사람을 '엄마'라고 불렀다. 이유는 모른다. 엄마, 달걀 좀 삶아줘, 엄마, 차 마실래? 그렇게. 엄마는 그런 나의 응석을 받아 주었다. 마오짱이라고 부르며.

갈색 부드러운 머리칼에 어른스럽고 자상했던 엄마는 그 생활상이 보여 주듯 인생을 획획 뛰어넘어, 고등학교를 졸업하기도 전에 죽어 버렸다. 하코네 고갯마루에서 누군가와 둘이 타고 있던 오토바이 사고로.

엄마란 말을 들을 때면 지금도, 친엄마보다 그 눈썹 없

---

* 시너, 스피드 모두 각성제의 종류.

는 엄마의 얼굴이 더 많이 떠오른다.

 엄마가 죽기 전날 밤, 하치는 친구 집에 자러 가고 없었다.
 엄마는 하치의 방 더블베드에서 혼자 자고, 나는 그 옆방에서 이불을 깔고 잤다. 새벽 3시에 느닷없이 방문이 열리고 엄마가 들어왔다.
 나는 왠지 모르게 마음이 무거워 잠을 못 이룬 채 잡지를 읽고 있었다. 지금도 그 밤, 우리를 에워싸고 있던 불안과 고독의 기운을, 그 끔찍한 무게를 떠올릴 수 있다. 미지의 거대한 어떤 것에 직면할 듯하면 마음은 미처 다 받아들이지 못하고, 무슨 수를 써서든 먼 곳을 방황하며 도망치려 한다.
 그때 엄마는 인생의 마지막 경주를 앞둔 세나* 같은 표정이었다. 지겹고 힘들어서 견딜 수 없다는, 앞으로 반드시 일어날, 소름 끼치는 일이 어서 빨리 끝나면 좋을 텐데…… 그게 끝나면 편해질 텐데, 하는 표정, 마치 예방주사를 맞기 위해 죽 늘어서 있는 유치원생들 같은 얼굴.
 "마오짱, 자?"
 엄마가 말했다.

---

* 아일튼 세나. 천재적인 드라이버. 1994년 돌연한 사고로 사망했다.

"아니, 안 자."

"나 이불 속에 들어간다."

"무서운 꿈꿨어?"

"응."

엄마는 뜨거운 몸으로 내게 바싹 붙었다. 나는 피할 길 없는 이상한 기분이 들었다. 한참을 그렇게 있다가 엄마가 말했다.

"마오짱, 키스해도 돼?"

눈빛이 심각했다. 나는 그래, 하고 대답했다. 누군가가 과장 없는 진지한 눈빛으로 부탁하는데, 그리 쉽게 거절할 수 있을까? 나는 그러지 못하는 타입이다.

엄마는 내게 키스했다. 몇 번이고 몇 번이고, 깊이깊이. 보드랍고, 뜨겁고, 조그만 입술로. 눈을 뜨면 세계가 사라져 없어지기라도 할 것처럼 눈을 꼭 감고.

나는 그녀의 키스가 나를 어떤 바다로 옮겨다 줄지, 여느 때처럼 먼 곳에서 바라보고 있었다.

엄마는 내 잠옷 안으로 손을 집어넣고, 내 어린 몸을 더듬었다. 정말 해부학적으로, 인간이 어떻게 생겼는지를 확인하듯 더듬었다. 그런 곳에 누가 손가락을 집어넣기는 처음이었다. 깜짝 놀랐다. 긴장과 몽롱함이 꼭 절반씩, 어디로도 갈 수 없었다.

"상대방이 여자면, 늘 이쯤에서 어쩌면 좋을지 모르겠더라, 더 이상은."

잠시 후 엄마가 웃었다. 예쁜 웃음이었다. 이노센스.

"계속했으면 좋겠어?"

엄마가 물었다.

"보답해 줄까?"

조그만 숨을 헉헉거리며 내가 되물었다. 보답, 이라니 걸작이다. 용케 잘도 생각해 냈다.

"됐어, 왠지 부끄럽기도 하고."

엄마가 말했다. 그리고 쉿, 이라며 귀를 쫑긋 세웠다.

"지금, 대학당(大學堂) 음악 소리 들리지 않았어?"

대학당이란 그 일대에 핫도그와 아이스크림을 팔러 오던 포장마차의 이름이다.

"그럴 리가 없잖아, 지금 3시나 됐는데."

내가 말했다.

"그런가, 분명히 들었는데, 있지, 아이스크림 사러 안 갈래?"

"지금?"

"응, 먹고 싶어."

"엄마는 내일 하코네 갈 거잖아. 아침에 일찍 일어나야 되잖아."

"괜찮아, 내가 살 테니까, 같이 가자."

잠옷 위에 웃옷을 걸치고, 있을 리 없는 아이스크림 차를 좇았다. 깊은 밤, 어두운 거리, 새벽이 올 것 같지 않은 골목. 둘이 손을 잡고, 구둣발 소리를 울리며 바보처럼 하염없이 찾았다.

결국 편의점에서 아이스크림을 샀다. 엄마는 만족스럽게 요구르트맛 아이스크림을 먹었다. 숟가락으로 조심스럽게 떠서, 어린아이처럼 조그만 혀로.

"고마워, 마오짱, 정말 고마워."

엄마가 말했다.

"마오짱이라면, 하치랑 한 번 정도, 자도 괜찮아."

"한 번?"

"그럼, 세 번."

"차라리 안 하는 편이 낫겠다."

아직 처녀인 주제에 나는 허세를 부리며 대답했다.

엄마는 웃었다.

"그럼, 내가 죽으면, 내일 하코네에서 모퉁이에 처박혀 산화하면, 몇 번이고 해도 좋아. 그 대신 다른 여자하고 하게 하면 저주를 퍼부을 거야."

아직 이렇게 젊은데 그건 좀 힘들지 않을까, 앞으로 이런저런 사람도 많이 만나게 될 텐데. 아마도 옳을 내 생각을 말하려다 그만두었다.

어둠에 떠 있는 엄마의 옆얼굴이 너무도 하얗고 속이 비칠 듯 예뻐서, 놀란 말이 기어들어 가고 만 것이다.

가정 환경이 인간을 만든다는 일설은 좋든 나쁘든 당연한 것이다. 알기 쉬운 예를 들자면, 내가 아는 어떤 사람의 딸은 농약을 한 방울도 뿌리지 않은 채소만 먹는 채식주의자로 자랐다. 그녀는 반항기에는 돈 많은 아저씨의 정부가 되어 매일 스테이크를 먹으면서 섹스로 날을 새웠다. 반작용이지 뭐, 하고 모두들 쑥덕거렸다. 그런데 어른이 되자 그녀는 갑자기 집을 뛰쳐나가, 수염이 텁수룩한 애인과 함께 야마나시라든가 뭐라는 데에서 밭을 갈며 살기 시작했다.

그만큼 알기 쉽지는 않아도.

대개가 그렇다. 아무리 발버둥 치고 도망을 쳐도, 결국은 같은 틀 안에서 산다. 나 역시 죽을 때까지 그럴 것이다, 스스로는 깨닫지 못해도.

아이들은 천국에서, 어느 엄마의 몸으로 들어갈까를 정한다는 얘기가 있다. 분홍빛 뭉게구름 위에서 이루어진 천사의 결단이다.

그때부터 이미, 무언가가 결정되어 있는 것이다.

'불길한 일의 중심은 언제든 가정에 있다.'고 이탈리아의 영화 감독 다리오 아르젠토는 말했다.

'커튼은 엄마의 이미지입니다. 따스하게 감쌀 수도 있지만, 감싸 질식시킬 수도 있죠. 마찬가지로 엄마 역시 자식을 지켜 줄 수도 있지만, 죽일 수도 있기 때문입니다.'라고도.

우리 집은 소규모 종교 단체 비슷한 곳이었다. 할머니가 초능력으로 이런저런 예언을 하거나 사람을 구하고 병도 고치다 보니, 여러 사람들이 모여들어 단체 분위기를 자아냈기 때문이다.

할머니는 우리 집에 '자비의 마을'이란 이름을 붙였다. 내가 태어나기 훨씬 전의 이야기다.

내가 철 들었을 무렵에는 엄마가 중심이 되어 단체를 운영하고 있었다.

나는 아버지가 누군지 모른다.

편의상, 아마 이 사람이겠지 싶은 사람이 없지는 않았지만, 단정 짓기에는 모자람이 있었다. 그 여자에게는 집을 드나드는 엄청난 수의 '줏대 없는' 남자들로부터 분별없이 씨앗을 빨아들이는 일이 식은 죽 먹기만큼 쉬운 일이었을 테니, 그 남자가 나의 아버지인지 아닌지는 누구도 확신할 수 없었다.

나는 아무것도 믿지 않았다. 어렸을 때부터 심부름을 하면 잔돈을 속여, '언젠가'를 위해 저금하곤 했다. 늘 도망치려고 했다.

그럼에도 나는 할머니한테만은 경외심을 품고 있었다. 할머니는 이 모임은 내가 죽는 것으로 끝내고 싶다, 신이 여러 가지로 가르쳐 주기 때문에 버티고 있을 뿐이다, 라고 말했다. 한번 시작된 것은 막을 수 없다, 만약 잘못된 것이라면 신이 그 뿌리를 말려 버릴 것이라고.

"가엾은 것."

할머니는 이따금 나를 그렇게 불렀다.

"너는 머리가 이상해지든지, 아니면 그림을 그리게 될 거다. 아무리 애원해도, 여기의 뒤를 이으면 안 돼. 그렇게 되면 틀림없이 이상해질 거니까. 그림은 괜찮다. 지금 이대로는 안 돼. 굉장히 멀어. 그 열쇠는 인도에서 온, 음 그러니까, 그 훌륭한 개의 이름…… 하치공, 그래, 하치라는 아이한테 있어. 너는 하치의 마지막 연인이 될 거다."

죽기 전 단둘이 있을 때, 할머니는 열에 들떠 그렇게 말했다.

"잠깐만요."

나는 종이에 메모를 했다.

"뒤를 이어서는 안 된다, 그림을 그릴 것, 하치, 중요, 하치의 마지막 연인."

그래서, 정말 하치란 사람이 나타났을 때에는 얼마나 놀랐는지 모른다.

하치를 만난 것은, 그때까지 가려져 있던 존속이니 경영이니 하는 문제들이 할머니가 돌아가신 바람에 표면화되고, 누가 리더 자리에 오르고 누가 뒤를 이을 것인지로 옥신각신하던 무렵이었다.

할머니는 이제 이 모임을 해체하라고 유언을 남겼지만, 그곳이 없어지면 살아갈 수 없는 사람이 스무 명이나 되었다. 관계하고 있는 사람은 더 많았다. 그래서 어떤 형태로든 계속하자고 얘기가 모아진 모양이었다.

마침 엄마가 제일 야심에 불탔던 때이기도 했다.

나는 그런 일들에 넌더리가 나서 몇 번째인지 모를 가출을 했고, 한밤에 집에서 멀리 떨어진 미스터 도넛에서 커피를 몇 잔이나 마시고 있었다. 잠이 덜 깬 상태였고, 뭐가 어찌 되든 아무래도 상관없다는 심정이었다. 밤은 짙고 깊고, 거리를 뒤덮은 어둠이 당장이라도 자동문을 밀고 들어와 내게 매달릴 것만 같았다. 내 우울한 눈에, 어디에도 갈 수 없어 애절하게 드러난 내 발에.

하치가 '엄마'와 같이 들어왔을 때, 나는 어라? 저 사람이 누구였지, 하고 몽롱한 머리로 생각했다. 아는 사람인데.

"너 어느 고등학교 다니니?"

엄마가 나를 보고 물었다.

"중학교 3학년."

나는 정직하게 대답했다.

"재워 주자, 하치. 아직 애잖아."

달콤한 목소리로 엄마가 말했다.

"좋아."

하치가 말했다.

내 머릿속에서 만트라*처럼 하치란 이름이 거듭거듭 울리기 시작했다. 하치는 열여덟 살이나 스무 살 정도로 보였다. 어쩌면 훨씬 더 위일지도 몰랐다.

"저, 인도를 좋아하나요?"

나는 하치에게 물었다.

"그야, 좋아하지. 우리 부모가 인도 사람인걸. 길러 준 부모지만."

그는 당연하다는 듯 대답하고, 바지 주머니에서 지갑을 꺼냈다. 그리고 거기에 끼여 있는 낡은 사진을 빼서 보여 주었다.

사진에는 조그만 남자아이와 인도의 유복한 노부부가 찍혀 있었다.

---

* 신비한 힘을 지닌 글귀, 진언. 원래는 베다 성전에 나오는 찬가를 뜻한다.

"그게, 나."
"네에."
아아, 틀림없이 이 사람이다, 하고 나는 생각했다.
"이 할아버지하고 할머니는 내가 열세 살 때 돌아가셨어."
다른 사진에는 인도의 거리에 서 있는 어린 하치가 담겨 있었다. 역시 터번을 반듯하게 만 인도 청년의 품에 안겨서.
"그건 우리 형, 형제가 여섯 명이나 되거든."
"언제까지 인도에 있었는데요?"
"할아버지하고 할머니가 돌아가신 후에는, 인도를 내내 여행했어. 그리고 일본에 왔고."
"무슨, 일 같은 거 했나요?"
"뭐, 할아버지하고 할머니가 부자였으니까. 장남이 가업을 이었지만 내게도 유산은 있었고, 아르바이트도 이것저것 많이 했고."
"어떤 사연으로 인도에 가게 됐죠? 아무리 봐도 일본 사람 같은데."
"얘기가 길어지는데, 듣고 싶니?"
하치가 웃었다.
어린애 같은, 파란 하늘 같은 웃음이었다.
"우리 집에 가자."

하치와 엄마의 집은, 낡은 연립 주택의 2층이었다. 안쪽에 커다란 창문이 있고, 창가에 커다란 더블베드가 놓여 있었다. 달빛이 쏟아져 들어오는 휑한 방이었다.

도넛과 맥주로 건배를 했다. 엄마가 내 사연을 듣고 싶어 했다.

나는 집이 종교 단체 비슷한 곳이고, 아버지일지도 모르는 사람이 내일 의식에 참가하라고 해서 뛰쳐나왔다고, 종종 있는 일이에요, 라고 설명했다.

"사바토*라는 거? 염소도 죽이고 그러니?"

엄마는 하드록을 좋아하는 탓인가, 신난다는 듯 그렇게 물었다.

나는 닭 정도는 죽이죠, 라는 거짓말로 장단을 맞춰 주었다.

"낳아 준 부모는 히피였던 모양인데, 날 인도에 버리고 갔어."

하치가 말했다.

엄마는 방바닥에 누워 잡지를 보다가 잠들고 말았다. 쌔근거리는 숨소리가 들렸다. 잠든 얼굴이 어린애처럼, 그

---

* 마녀 집회.

나이다웠다. 나는 엄마가 마음에 들었다. 엄마도 나를 마음에 들어 했다. 가출하면 언제든 이리 와, 라며 보조 열쇠를 숨겨 둔 장소까지 가르쳐 주었다.

하치와 둘만 남았을 때, 나는 연인이란 말의 의미를 생각했다. 이 사람의 연인이 된단 말이지. 할머니가 그랬으니까, 그럴지도 모르지.

그렇다면 언젠가는 저런 더블베드에서 이 사람이랑 아침까지 함께 자기도 하는 걸까.

그것은 당시에는 생각하기 어려운 영역이었다.

엄마가 마음에 들어서. 울리고 싶지 않아서. 나는 언제든 바보처럼 의리가 두텁다.

이어서 하치의 사연을 들었다.

"어쩌자고 인도에 버리고 갔대, 아직 앤데?"

"그런 걸 누가 알겠어. 아무튼, 버리고 갔어. 하지만 그 양부모랄까, 우리 할아버지 할머니가, 나를 입양했을 때 벌써 노인이었지만, 아주아주 신앙심이 깊은 사람들이었거든. 어느 이름 없는 성자를 믿으면서 건물을 기부하기도 하고, 가난한 신자들에게 먹을 것을 나눠 주기도 했나 봐. 나를 입양하기 전에, 그 성자가 이제 곧 일본인 갓난아기를 주울 텐데, 그 아이를 입양하라고 예언했다는 거야. 그렇게 하면 그들의 카르마에 좋은 영향을 미칠 것이라고 말이야. 그런 차에 내가 나타났으니, 신의 선물이라 여기고 애지중지 길러 주었던 거지."

"다행이네."

"그런 셈이지."

"그런데 나하고 경력이 비슷하다. 과거에 몸담았던 세계의 색깔이랄까, 경향이랄까."

"어째 좀 그렇네."

하치가 말했다.

"열 살 때, 양부모의 종교에 따라 그 성자가 베풀어 주는 의식이 있었는데, 그때 처음 그 사람을 만났어. 아이가 어떤 전생을 살았고, 어떤 업을 짊어지고 있으며, 장래 어떤 일이 있고, 뭘 하기 위해서 이 세상에 왔는지, 그런 가르침을 받아. 아이가 그릇된 방향으로 가지 않게 하기 위한 의식이지. 그 사람은 이미 쭈글쭈글한 할아버지인데도 눈빛만은 굉장해서, 나 얼마나 긴장했나 몰라. 뱃속까지 들여다보는 듯한 느낌이었어. 사람이란 그런 때일수록 야한 일이나, 아무데나 오줌을 갈긴 기억 같은 것만 떠올린다니까. 할아버지는 아주 슬프달까, 가엾다는 표정으로 나를 지그시 바라보았어."

"그래서, 어떻게 됐는데? 뭐라고 했는데?"

당장 뒷얘기를 듣고 싶었다.

"모든 일에는, 그 일을 하기에 옳은 시간과 장소가 있다……고 그랬어. 이 아이는 온 인도의 구루*를 만나려고 할 것이다, 그리고 마침내는 자기 길을 찾아 산으로 들어갈 것이라는 말도 했고."

그럼 왜 여기 있는데?라고는 묻지 못했다. 그가 너무도 일본의 젊은이다워 보이고, 얘기를 재미있게 꾸미려고 거짓말을 하고 있는지도 모르겠다는 생각이 들어서였다.

그러고 나서 나는 뭐에라도 홀린 듯 내 얘기를 시작했다. 아무에게도 얘기한 적 없는 말이 멜로드라마처럼, 태풍 부는 날의 하수도처럼 넘쳐흘러 멈출 줄을 몰랐다.

"너는 너무 설명이 많아. 왜 그렇지?"

하치가 물었다.

"설명이라도 하지 않으면, 나 자신일 수 없는 환경이었으니까."

"그것 봐, 또 설명하고 있잖아."

하치가 웃었다.

"뭘 위한 종교란 말야. 온 세상이 이렇게 한꺼번에 많은

---

* 힌두교에서 쓰는 말로 도사, 교사라는 뜻.

것을 표현하고 있는데, 왜 그렇게 조각조각 잘라 내는 거야."

하치는 등 뒤에 별하늘과 바다와 산을, 그렇게 큰 것을 거느리고 있었다. 쪼글쪼글한 할머니가 걷는 한여름의 골목도, 죽기 직전 사람의 마지막 눈길도, 막 태어난 갓난아기가 비로소 엄마의 몸을 떠나는 순간도. 나는 졌다. 자폐증에 걸린 아이의 상자 정원* 같은 나의 편벽한 언어는 내 활짝 열린 눈동자에도 미치지 못한다.

자유로워지고 싶다.

지금까지 텔레비전이나 영화에서 본 어떤 장면보다, 티베트의 스님보다, 이스탄불의 아이들보다, 길거리에 누워 자는 카트만두의 소들보다 더 멀리 가고 싶다. 자신의 깊은 곳으로 내려가, 내려가 닿고 닿아, 해방되고 싶다. 더럽고 질척질척한 호수 바닥의 터널이 마침내 아름다운 만으로 이어지는 것처럼.

그때부터 나는 말로 설명하지 않기로 했다. 하염없이, 하염없이 설명하면 내 혈관에 흐르는 피까지 알아줄지도 모른다고 생각한 나의 안이함은, 실제 나이보다 늙어 보이는 내가 쓸쓸한 내 육체로부터 전 우주를 향해 발신한 유

---

* 정신 치료를 위해 상자 안에 만드는 모형 정원.

일한 어린 마음이었다.

그때 나는 비로소 어른으로 홀로서기를 했고, 내 혼과 사랑에 빠졌다.

단 한순간이라도 자기 자신과 농밀한 사랑의 시간을 보낼 수 있다면, 삶에 대한 증오는 사라진다. 고마워요 하치, 그렇게 소중한 것을 가르쳐 준 일, 평생 잊지 않을게요. 설사 사이가 나빠져서 말조차 걸지 않게 되더라도, 서로를 미워하게 되더라도, 그 일에 대한 감사는 지우지 않을게요.

열다섯 살 나는 굳게 결심했다.

추억은 멀고, 머물지 않는다.

그 무렵의 기억은, 이리저리로 빛나는 편린으로 이루어진 원색의 삐뚤빼뚤한 영상이다.

……'엄마'의 엄마를 장례식에서 처음 보았다. 좀 화려하다 싶고 품행도 단정해 보이지 않는 보통 아줌마였다. 나는 할머니 장례식 때보다 훨씬 더 많이 울었다. 토하듯 울어 대는 나를 엄마의 엄마는 이상하다는 듯 쳐다보았다.

나무 뒤에 몸을 숨긴 채 털끝 하나 움직이지 않고 사냥감을 노리는 동물은 사냥감을 참고 기다리는 것이 아니다. 미래를 보장받기 위해 저금을 하는 것도 아니다.

그저 오로지 그러고 싶어서 그러는 것이다.
그러니까 먹고 싶지 않을 때는 먹지 않고, 자고 싶지 않을 때는 자지 않는 것이 좋다. 시간은 부조리한 것, 노력한 만큼 되돌아온다는 보장은 없다. 그렇게 엉터리 같은 이 세계에서는 머리를 써서, 필요한 것만 생각하며 산다. 그때그때 상황에 따라 균형을 유지하면서 빛을 잃지 않도록 사는 거다. 그러면 거짓말 따위 접근하지 못한다. 살아가기 위해, 거짓말한 대가를 치르기 위해, 가엾은 염소를 희생양으로 바치지 않아도 된다. 그 대신 많은 것들이, 아주 드라마틱하고 성가신 일들이…… 음, 그리고 그 많은 것들의 앞날은 동물처럼 스스로 찾아내는 거다. 스스로 아는 거다.

이것이 엄마가 내게 가르쳐 준 것.

하치의 방에 엄마가 없다는 것이 고통스러워, 내 집으로 돌아갔다. 하치에게는 찾아가지도 않고, 전화도 걸지 않았다.
그런데 친구의 진짜 죽음을 경험한 내게, 할머니가 죽은 후의 종교적인 모든 것은 거짓말처럼 보일 뿐.
더구나 문득 정신을 차리고 보니 할머니의 유령이 집

안에 있으면서, 내게 말을 걸고 싶어 하는 것 아닌가. 이런 일이 엄마에게 생겼다면 거의 미친 듯이 좋아했을 테지만, 내게는 아무래도 상관없는 일이라 아이러니컬했다.

나잇살이나 먹은 어른들이 기도나 하고, 할머니의 계시다 뭐다 하며 필사적으로 모여 있는데, 그녀는 정원 무화과나무 아래 다소곳이 앉아 있곤 한다.

시심을 자극하는 아름다운 자태로.

하지만 그런 말을 했다가는, 사람들이 뒤를 이어야 한다고 야단법석을 떨 것이 분명하다. 그래서 잠자코 말 않는다.

밤이 되면 별이 떠오르고, 할머니의 방 어두운 제단에 촛불이 켜진다. 촛불은 부드럽게 어둠을 감싸고, 그 어둠 속에 종이문이 어스름 떠오른다. 그녀는 거기에 앉아 소리 없이, 이 세상 모든 것에 작별을 고한다.

그 두 뺨이 밝다. 눈은 감겨 있다. 옥색 기모노를 입고 있다.

나는 그런 할머니를 보면서 툇마루에 앉아 별을 우러른다.

별이 좋아졌다. 그 생활이 좋았다.

그리고 하치 생각으로 가슴이 멘다. 하치를 만나고 싶고 보고 싶고, 엄마가 죽었는데, 이미 그런 일은 어째도 상관없고, 두려울 정도로 하치가 마음에 걸린다.

"할머니, 마지막 연인이라는 거 무슨 뜻이야? 하치 죽어?"

소리 내어 물어보지만, 할머니는 앉아 있을 뿐이다.

손녀딸의 사랑놀이에 끼어들 처지가 아니었을 것이다.

"집에 할머니가 있어서, 정말 못 견디겠어. 모두가 우스꽝스럽게만 보여서 안 되겠어. 당분간 여기 와 있어도 될까, 옛날처럼."

그것이 내가 하치를 만나러 갈 수 있는 유일한 구실이었다.

음악을 들으면서, 비에 젖은 길을 걸었다.

하치의 방에는 불이 켜져 있었다.

나는 그것을 보고, 왔던 길을 되돌아갔다.

구실은 사라지고 밤길이 오히려 다감하게 느껴졌다.

엄마가 없는 하치의 방은 생각만 해도 끔찍했다. 마주할 수밖에 없는데, 중재할 아무것도 없다.

그렇다, 그래서 하치를 통 만나지 않았다.

길에서도 만나지 않았다. 마치 없던 일 같았다. 나는 거리로 나가 많은 사람들을 만났지만 친구는 생기지 않았다.

처음으로 섹스를 한 상대는, 끔찍하게도 '자비의 마을'의, 그러니까 집안 사람이었다. 금방 스위치를 켤 수 있는 텔레비전 프로그램처럼 손쉬웠기 때문이다.

그러나 하찮은 종교 따위에 들어온 남자, 나는 결국 좋아하지 못한다. 그의 웃는 얼굴이 아주 조금 다정해서 호감을 품었을 뿐이다.

어처구니없는 남자였다. 펠라티오를 해 주려고 하자, "그런 건 안 돼."라는 둥 시시껄렁한 소리를 했다. 키들키들 웃는 나를 보고는 할머니의 이름을 들먹이며 기도를 하지 않나. 이게 만화가 아니고 뭐란 말인가.

어리석었다. 점점 더 집에 있기가 힘들어질 뿐이었다. 일부러 힘들게 만드는 것일까…… 하고도 생각했다.

"스스로 나를 쫓아내서, 저 꿈의 나라로 돌아가자."

하치, 하치, 하치.

남자란 동물이 지니는 속성이 있는 한, 나는 내 그 손쉬운 섹스 파트너를 사랑했다. 남자의 손, 남자의 어깨, 하치와는 같으면서 나와는 다른.

그것은 멀고 먼 하치에게로 이어지는 길이었으며, 내가 할 수 있는 유일한 것이었다.

제1장

 하치의 얼굴이 엄마만큼이나 희미해진 어느 해 여름이었다.
 나는 막 열일곱 살이 되었고, 갑자기 키가 부쩍 컸다.
 마치 해바라기처럼, 깊은 진흙탕 속에서 하늘까지 뻗어나온 것처럼.
 나는 종종 생각했다.
 '징그러워, 부엌 선반에 놓아둔 양파에서 어느 틈엔가 싹이 돋아난 것처럼 비려.'라고.

 그날, 나는 집에 혼자 있었다. 그리고 우울한 기분으로 집 나갈 준비를 하고 있었다.
 무슨 큰 행사가 있다고, 사람들은 모두 이즈 어딘가로

가 버리고 없었다.

 엄마는, 할머니와 연고가 있는 고장에서 뭘 한다면서 같이 가자고 열심히 나를 설득했다. 누구누구 꿈에 할머니가 나타나서, 할머니가 좋아했던 그 고장에 오늘 가라고 했다는 것이다.

 그럴 턱이 없지, 할머니는 아직 우리 집 마당에 있는데…… 하고 생각했지만 말하지 않았다.

 엄마는 내게 초능력이 있는지 없는지 몹시 알고 싶어 했다. 그런 것은 없지만, 아직도 간혹 할머니를 보기는 한다. 유전적인 요인인가, 다소 직관력이 있는 엄마는 그런 나를 조금씩 눈치채 가고 있었다. 위험해서, 나는 당분간 집을 떠나 있자고 생각했다.

 그래서, 끈질기게 같이 가자는데도 몸이 안 좋다는 핑계로 집에 남았던 것이다.

 그러나 갈 곳은 없고, 그 당시의 내게 하치는 희미한 기억에 불과했다. 농담처럼 '한번 찾아가 볼까.' 하고 생각하는 정도. 그 시절 살던 곳에 지금도 살고 있는지조차 몰랐다.

 돈이 없어서, 엄마의 서랍장을 윗단부터 차례로 뒤졌다. 콘돔 갑 옆에 꼬깃꼬깃 모아 둔 돈과 아멕스 카드가 있기에 기뻐 날뛰며 가지고 나오려는데, 현관문을 두드리는 소리가 들렸다. 나는 펄쩍 뛸 만큼 놀랐다.

"계십니까?"

누군가가 말했다.

나는 안심하고서 챙길 것을 챙기고 서랍을 닫았다. 보나마나, 견학을 하고 싶다거나 팸플릿을 달라는 거겠지, 나는 친절하게도 팸플릿을 들고 현관으로 나갔다.

싸늘한 복도를 맨발로 타박타박 걸었다. 유리문에 남자의 그림자가 비쳤다. 네, 나가요. 문을 열었더니 어떻게 된 일인지, 그 사람은 하치였다.

어엿한 남자로 성장한, 여전히 어깨가 섹시한 나의 하치였다.

"하치, 보고 싶었어."

내 눈에서 때맞춰 눈물이 똑똑 떨어졌다. 나는 '하치가 안 보이니까 눈물이여 멈춰 주세요.' 하고 생각했다.

그래서 팸플릿을 한 손에 쥔 채 우두커니 서서, 동그랗게 뜬 눈으로 눈물만 떨구는 분열된 내가 되었다.

"고아처럼 하고서는."

하치가 말했다.

"그러니?"

"무슨 일이 있었는가 싶을 정도로 컸네. ……그냥, 지나가다가, 있나 하고. 여기가 너네 집이라는 거, 알겠어서."

"어떻게?"

"종교 단체 비슷한 간판이 걸려 있잖아."

고마워, 종교 단체 비슷한 간판.

나는 생각했다.

"하치, 데려가 줘. 지금, 집에 누구 다른 여자 있어?"

내가 물었다.

"없어."

"그렇다면, 데리고 가. 부탁이야, 무슨 일이든 할게."

"……좋아."

"짐 가져올게."

나는 복도를 달렸다.

별 대수로운 것도 들어 있지 않은 가방을 들고 불단이 있는 방을 지나다가, 오랜만에 아지랑이처럼 거기에 있는 할머니를 발견했다.

……할머니도 참, 다들 할머니 만나러 버스 전세 내서 '자비의 마을 일행'이란 팻말까지 내걸고 이즈 구석때기까지 갔는데, 여기 있으면 안 되잖아.

내가 그렇게 생각하며 웃자, 할머니는 손을 흔들며 '쉿'이란 몸짓을 했다. 어렴풋해서 얼굴은 보이지 않았지만, 그 몸짓은 보였다.

아아, 이 '사람들의 부재'는 그녀의 멋들어진 사전 공작이었단 말인가!

나는 지금까지의 우울했던 감정이 싹 가실 정도로, 현기증이 일 정도로 감격했다. 모든 것이 놀랍게만 여겨졌다.

뛰쳐나오자 집 밖은 빛으로 가득하고, 길은 새하얗게 보였다.

몸이 전에 없이 가벼워, 온 세계가 저 「환희의 노래」란 노래를 부르고 있는 듯한 느낌이었다.

하치, 하치가 없는 동안 별 볼일 없는 사람이랑 열심히 섹스했어, 살아 있지 않았던 거지, 잠자고 있었어. 무수한 감정이 솟구쳤지만 설명하지 않았다. 하치를 만나는 순간, 엄마가 살아 있던 시절의 내 자신과 조화로웠던 내가 되살아난 것이다.

한여름의 녹음으로 무성한 길을 부지런히 걸었다. 오래오래, 숨이 차오를 정도로. 둘이서 걷는다는 기쁨에 어질어질 현기증을 느끼면서.

"뭐 먹을래?"

"가슴이 벅차서 도저히."

전철을 타고 하치의 방에 도착했을 때, 해가 기울고 있었다.

기우는 저녁 해가 금빛으로 온 방을 물들였다. 마치 금으로 된 연꽃이 지천에 피어 있는 것 같았다.

더블베드가 없었다.

"침대는?"

"그건 그녀랑 함께 자기 위해 산 거라서, 이제 이 세상에서 쓸 일도 없을 테니까 버렸어. 지금은 이불을 깔고 잔답니다."

하치가 웃었다.

"다행이다……."

나의, 소리 없는 목소리가 그렇게 말했다. 나는 무엇보다 그 침대가 무서웠다. 침대만이. 지금 알았다. 내가 가장 사랑하는 두 사람의 사랑의 즙으로 축축한 침대가 나를 이곳으로부터 멀어지게 했던 것이다.

"하치, 안아 줘, 아무튼, 시간이."

없는 게 아니라 아까운, 것도 아니고, 지나간 것을 메우고 싶어서, 도 아닌 그 중간 지점의 묘사 따위, 말로 할 수 없었다.

투명한 저녁 햇살이 기울어 밤이 찾아오고, 이 오후를 언젠가 어디에 사는 누군가가 노래로 지을 듯한 시시한 옛날 이야기로 바꾸어 놓는다.

나는 옷을 벗기 시작했다.

"서둘지 마, 마오. 아직 시간이 있으니까."

하치가 말했다.

아니, 아니, 라고 고개를 저으며 나는 계속 옷을 벗었다.

하치는 잠자코 일어나, 벽장을 열고 창가에 이불을 깔았다. 나는 알몸으로 그를 보고 있었다.

이불을 깔고 있는 하치의 등.

내게는 아버지란 존재가 없지만, 아버지 같다고 생각했다. 그렇다, 우리 집에는 그렇게 많은 사람이 있었는데, '남자'는 없었다.

"자, 누우시죠."

하치가 웃었다.

커튼도 치지 않고.

알몸으로 이불에 들어가다니, 신비로우리만큼 에로틱하다.

욕정, 순수한, 순도 백 퍼센트의.

꿈속처럼 격렬한 오후였다.

옷을 벗는 하치를 보고 있었다. 불쑥, 나는 언제나 보고 있을 뿐이란 생각이 들었다. 보고 있을 뿐, 거기에 나 자신은 없다.

방황하는 혼 같은 것이다. 방 구석에 널브러져 있는 봉제 인형이다.

하지만 살아 있다, 손길도 닿지 않았는데 젖어 드는 부분이 있다. 막을 수 없을 정도로 요동치는 심장이 피를 순환시킨다.

하치의 벗은 몸이 낯익은 무엇처럼 내 눈에 비쳤다. 인형의 눈이었던 내 눈이 갑자기 반짝 뜨이고, 온몸의 기관과 함께 움직이며 욕망을 반영했다. 태어나 처음 본 동물을 어미로 여기고 따르는 병아리처럼, 첫 욕망을.

그에 화답하듯 하치는 금방 삽입했다.

하치 자신이 이불 속으로 삽입된 지, 불과 5초 만에.

하지만 싫지는 않았다. 이런 경우, 순서는 차치하고.

빨리, 어서 빨리 고정시킨다, 이 기분을, 그 구멍 속에. 서둘러, 갈 수 있는 데까지.

이상하게도 전혀 비참한 기분이 들지 않았다. 지는 해 속에서 섹스를 하고, 어두운 밤이 오려는데.

신나고 기뻐서, 어서어서 밤이 오면 좋을 텐데, 하고 기다렸다.

이게 진짜, 라고 나는 생각했다.

흘러가는 시간이 아름답게 느껴졌다. 아까 하치가 끓여 준 커피가 식어 가는 것조차 아름다웠다.

살아 있는 것이다, 세포 하나하나가 내 마음과 연동하고, 나를 위해 살아 있다.

그렇게 느꼈다. 처음인지도 모른다.

"여기 있게 해 줘, 당분간. 더부살이라 미안하니까 무슨 일이든 할 거고, 돈도 낼게."

내가 말했다.

"하치가 가 버릴 때까지."

그 순간 왜 그런 말을 했을까, 하고 스스로도 얼떨떨했다.

"어떻게 알고 있지? 왜 그런 식으로 말하는 거야?"

하치도 깜짝 놀랐다. 하치는 팬티 차림으로 설거지를 하고 있었다. 물소리가 마치 폭포처럼 스테인리스 싱크대에 울렸다.

"오래전부터 그냥."

할머니의 '마지막 연인'이란 표현 때문이었다. 처음 만났을 때부터, 내게는 하치가 없어진다는 것이 너무도 당연한 일이었다.

"밥 먹으러 나가자. 거기서 얘기할게."

"응."

딱히 슬프지는 않았다. 그때 나는 짐승처럼, 희망을 품는다는 것을 전혀 몰랐기 때문이다.

둘이서 산다, 평화롭게. 그리고 하루하루가 지나고, 늘 손을 잡고 걷고, 결혼? 아이를 만든다?

쓰잘데없다. 나랑 하치는 그렇지 않다. 그런 일은 있을 수 없다. 게다가 나는 알고 있었다. 할머니가 '마지막'이라고 하면 그건 언제나 마지막이었다.

경험으로 그렇다는 것을 알고 있었다.

"인도로 돌아가는 거야?"

"음."

하치는 간단한 일처럼 대답했다.

"옛날에 인도에서 알게 된 사람들이 있는데, 그 사람들 지금은 온 세계를 돌아다니고 있어. 그런데 내년 여름에 인도로 돌아가서 산 속에다 수행 시설을 만들기로 되어 있거든. 그 일을 도우러 가기로 했어."

"하치는 그럼, 왜 그들이랑 같이 안 갔는데?"

"난 나고, 그 일을 돕기 전에 인도 각지를 다니면서 사람들을 만나고 싶었어. 그러다 이왕 떠난 길이니까, 내 생애 한번쯤 내가 태어난 나라에서 살아 볼까 하고, 이 년 전에 일본으로 온 거야."

"종교야? 비밀 결사?"

"자세한 건 말할 수 없어. 네가 쫓아올까 봐 겁이 나서가 아니고, 말로 할 수 없는 게 많으니까. 자기가 결정한 일을 시시콜콜 떠들어 대고 싶지도 않고."

"그래서 뭘 하는데?"

"산에서, 혹독한 자연 속에서, 수행도 하고 밭도 갈고 닭 같은 것도 기르고."

"촌스러! 그게 뭐야, 너무 촌스럽다."

"그래? 그리고 온 세계를 위해서 기도하는데."

"아무도 보지 않는데?"

"보든 안 보든 무슨 상관이야. 그런 사람들이 이 세상에 얼마나 도움이 되는지 모르는군. 얼마나 많고, 평화를 유지하기 위해 얼마나 애쓰는지."

"그런 사람들이 있다는 것조차 지금 알았어. 다시는 안 돌아와?"

"출가를 하는 거니까. 목이라도 잘리지 않는 한."

"목이 잘린다구?"

나는 순간, 기대했다.

얄팍하고 귀여운 나의 욕망이여. 광활한 대해로 흘러드는 사사로운 사랑의 흐름이여.

"거짓말이야, 목 같은 거 안 잘려. 이미 약속된 상태니까."

하치가 웃었다. 덩달아 나도 웃어 보았다.

슬픈 이야기인데, 현실감이 없었다.

모두 거짓말인지도 모른다고 생각했다. 둘러대기 위해 하는 얼토당토않은 말일 뿐, 그저 여기저기 방황하고 싶은 거라고. 얽매이고 싶지 않을 뿐이라고. 그럴 가능성이 많았다.

하지만 설득한다고 그의 생각이 바뀌는 것도 아니다. 그런 일을 많이 보아 왔다, 설득의 거짓말 월드를.

진짜로 거짓말을 한 것보다 더 나쁜 것은, 자기 생각대로 타인을 움직이려 하는 것이다. 설사 좋은 뜻으로 하는 일이라도, 그리고 아무리 가볍거나 무거워도, 죄임에는 틀림이 없다. 타인의 생각이 자기 사정에 맞게 바뀌도록 알게 모르게 압력을 가하다니, 끔찍한 일이다.

본인이 그렇게 보이고 싶다고 결정한 그 세계야말로, 나와 하치가 만드는 거짓 없는 세계. 하치에게는 인도의 스님 옷, 내게는 금관. 밤은 끝나지 않고, 이 세상 그 무엇보다 아름다운 자수정 같은 새벽이 찾아오는, 이 방의 세계.

그렇게 생각하기로 했다.

게다가 아직은 1년이나 남아 있다. 지금 헤어지다니, 불가능한 일이다.

하치와의 생활은 그렇게 시작되었다.

제2장

　나는 그림을 그려야 한다는 할머니의 예언을, 하치는 매우 흥미로워했다. 관계가 깊어지고 정이 든 만큼, 나를 떠나가야 하는 만큼, 하치는 나의 미래를 가슴 아파하는 듯했다.
　"그런데 작가도 되고 싶단 말이야. 왠지, 재미있을 것 같아. 그리고 무엇보다 설비가 필요 없잖아."
　그렇게 말했더니 하치는, "그럼 어디 문장 만들어 봐."라고 했다.
　좋아, 으음. 잠시 생각하고 나는 썼다.
　'하치의 눈은 개의 눈. ……'
　"안 되겠다. 너 전혀 감각이 없어."
　하치는 단호하게 말을 뱉었다.

소질이 많은데, 라고 했다면, 그렇게 궁핍한 감각을 지닌 남자는 내 쪽에서 사양이다.

"역시 그림밖에 없는 걸까."

"어디 그려 봐."

하치가 이번에는 광고지 뒷면의 하얀 공백을 내밀며 말했다.

나는 매직을 쥐고, 뭘 그릴까 하고 생각했다. 그리고 하치에게 들은 이야기 중에서, 옛날에 인도에서 길렀다는 새가 하치를 그리워하는 장면을 추상적인 도형으로 그리기로 했다.

지금은 하치의 형님이 기르고 있다는 그 새는 아직도 때로 하치의 이름을 부른다고 한다.

인도의 밤. 깊은 어둠에 가라앉은 대저택의 호화로운 복도에서 하치의 이름을 부르는 알록달록한 새. 감정은 없어도 애절한 그 울림.

그 이국적인 이미지의 모든 것을 선으로 표현하려고 애쓰면 애쓸수록, 흔들리는 마음의 묘사로부터 멀어진다.

이게 아니다, 좀 더 가볍게, 좀 더 또렷하게, 좀 더 미묘하고 애절한 선을 그릴 수 있다면……. 몇 개나 선을 그렸다. 그리면 그릴수록 생각대로 손이 움직이지 않는다는 것을 알았다. 그게 또 좋았다.

재미있고, 재미있어서, 그것은 비유하자면 잠수를 해서 무언가를 따오는 때 같았다.

완벽한 이미지가 마음의 어두운 바다 속을 희붐하게 떠다니는데, 보려고 하면 가려진다. 하지만 그 감촉을 분명하게 알고 있기에 물 속으로 내려가 잡으려 한다.

수영을 잘하면 좀 더 빨리 잡을 수 있고, 자기 움직임의 이미지가 분명할수록, 완성형으로 다가가는 길목에서 해야 할 일을 잘 안다.

무턱대고 좇는 사이에 현실로, 형태로 눈앞에 나타났을 때의…… 몸을 사용해 얻은 기쁨.

늘 그런 식이었다. 그림을 그릴 때에는 색을 사용하지 않아도, 색으로 물든 세계를 보고 있었다. 종이에 그리는 데도, 종이보다 훨씬 넓은 곳을 그리고 있었다.

"그렇게 열심히 그리다니, 그야말로 재능이로군."

한참을 보고 있던 하치가 말했다.

나는 기억을 더듬었다.

아무도 내게 크레파스와 하얀 종이를 주지 않았던 나날에, 할머니가 내 안에서 보았던 것. 그것은 하치란 단계를 거쳐 비로소 나의 뇌에서 손으로 흘러나오는 물이었다.

나는 그때 불쑥, 예전처럼 막연하게 좋다는 느낌에서가 아니라 정말로 그려 볼까, 하고 처음 생각했다.

자신에게 입히는 겉옷, 자신을 지탱해 주는 지팡이, 자신의 발에 채우는 족쇄. 모든 곳에 따라다니는 성가신 친구로서, 그림을.

거리는 살아 있다.
마치 식물이 그냥 놔두어도 햇빛과 빗물을 먹고 쑥쑥 자라 무성해지는 것처럼, 포악한 에너지와 부드럽게 감싸는 힘을 한데 얽어, 시끌시끌, 투닥투닥 박동 소리를 내며.
그렇다는 걸 몰랐다.
매일 아침이 다르다니.
한꺼번에 여러 명이거나 줄 서지 않고도 이를 닦을 수 있고 세수도 할 수 있고.
빵을 굽고, 혹은 커피만 마시기도 하고. 하치에게 본고장의 인도 카레 만드는 법을 배워, 온종일 보글보글 끓여 저녁 한 끼만 먹기도 하고. 그런 자유. 둘만의 식탁.
처음이었다.
햇빛에 손이 빛나고.
그런 일들을 유심히 바라보다니, 신기했다.
밖으로 나가면, 언제나 그 주변을 지나다니는 똑같은 사람과 마주친다. 아무도 이상한 눈길로 나를 보지 않는다. 동네 사람들은 항상, 우리 집에 사는 사람들을 왠지 모르게 피했다. 당연한 일이다. 그래서 나도 가능한 한 그 사람들을 보지 않으려 했다. 문제가 생기지 않도록, 투명 인간이 된 것처럼 생활했다.

하치가, 오토바이를 탄 까무잡잡한 청년에게 말을 건다. 그는 넥타이를 매고 있다.

"여어, 요즘 어때?"

"더워서 죽겠어요."

그는 웃으며 스쳐 지나간다.

"누구야?"

"후지 은행에 다니는 고토. 벡클 군 캐릭터를 아주 잘 그려."

"벡클 군이 뭔데?"

"통장에 그려져 있는 캐릭터."

어떻게 그런 인간관계를 만들었는지, 도무지 짐작할 수 없다.

"후지사와 씨, 그 화분에 꽃 뭐예요?"

길을 걸으면서, 정원에 서 있는 할머니에게도 말을 건넨다.

"히비스커스야."

산뜻한 분홍색 그 꽃이, 이 나라에서도 피다니 몰랐다. 감격스럽다. 바람에 떠는 화지* 같은 꽃잎.

하치의 마지막 연인 45

"이 사람, 제 마지막 여자."

"어머나, 유행가 가사 같은 말을 다하고."

후지사와 씨는 아주 인상 좋게, 기품 있게 웃었다.

하치는 말을 걸어야 할 사람이 아주 많았다. 몰랐다. 나는 그런 사람들 모두를 그저 지나가는 사람이라고 생각했다. 거리는 세트이고, 사람들은 배경이라고. 붐비는 전철 속에서 서로 밀치고 아우성치는 살 덩어리는 징글맞은 쿠션에 지나지 않았다.

나 자신뿐. 그러나 나 자신도 없다.

하지만 지금 비로소 모든 사람들이 살아 있는 인간이라고 생각한다. 그것은 아주 겁나는 일이기도 했다. 좋아하고 싶지 않았다. 불안했다.

서로를 찌르면 모두가 잘리고 죽어 버린다. 그런데 아무도 그런 짓을 하지 않는다니.

모두들 알고도 모르는 척 감정이 없는 것처럼 시치미를 떼고 있지만, 자기 아이가 놀림을 당하면 울기도 하고 화도 내며 동요한다. 그러나 백 년 후에는 아무도 여기에 있지 않다. 그런 일을 다들 알고 있다니.

굉장하다, 너무 무섭다. 생각하기 시작하면 끝이 없다.

---

* 한지와 비슷한 일본 고유의 종이.

그래서 처음에는 가벼운 충격이 밀려와, 한동안 밖에 나가기가 무서웠다.

그 충격이 가셨을 때, 세계의 모습은 싹 바뀌어 있었다. 언제 어떻게 될지 모르는 이 세상에서, 자신의 손발을 움직이며 사는 하루하루의 기쁨이여.

내일 아침에도, 밤에도, 아직 몇 번이고 몇 번이고 섹스를 할 수 있다. 내내 함께 있을 수 있다. 그러나 신기하게도, 생각보다 섹스에 빠지지는 않았다.

훨씬 더 많이, 닳아빠질 때까지 반복하다가 싫증나는 건 줄 알았다. 아니면 점점 더 격렬해지든지. 이전에는 그랬으니까. 하지만 그렇지 않았다. 두 사람 사이에는 기분을 전환시켜 주는 것이 있어서, 언제든 남쪽 나라의 섬에 있는 듯 여유로웠다. 섹스도 있고, 별 하늘도 있고, 과일도 있고, 바다로 헤엄쳐 나갈 수도 있는. 그런 느낌이었다.

도시의 아파트를 떠나 있는 것처럼 자유로운 자연의 공간을, 지금 생각해 보니 '하치가' 새로이 만들어 냈던 것이다.

엄마는 나의 성격을 잘 아니까, 무슨 짓을 할지 모르는 것보다는 그나마 낫다고 생각한 것이리라. 카드를 결재하는 은행 계좌를 해지하지는 않았다. 그 점에는 감사했다.

들고 나온 엄마의 돈과 내가 모아 두었던 돈 덕분에, 현금은 아직도 많았다.

"나, 언젠가 그 집으로 돌아가게 될까."

밤, 어두운 창 밖에 대고 말해 본다.

하지만 알 수 없다. 답은 없다.

별도 달도, 하치가 있는 세계에서 보면 달랐다. 오늘 뜬 달과 내일 뜰 달이 같은 달이라니, 절대로 그렇게 생각할 수 없어졌다.

그것은 내 마음의 모양에 밀접하게 연관된 세계였다.

우리는 사이가 좋고, 달빛 아래서 끝없이 끝없이 얘기를 나누었다. 술도 마시지 않았는데 흥분해서. 어서 동이 트면 좋겠다 싶을 정도로 열중했다. 그러나 끝내는 졸음이 엄습하고, 날이 밝는다.

하치는 별로 자지 않았다. 잠이 부족해도 아무렇지 않은 듯 보였다. 그래서 함께 생활하자니, 내가 잠만 자는 사람처럼 여겨졌다.

잠들기 전에는 늘, 여러 가지 요가를 배웠다. 새벽녘에 하는 게 가장 좋다고 한다. 새벽녘, 이란 일찍 일어나는 걸 뜻하지 꼬박 새운 밤의 끝을 뜻하는 게 아니잖아?라고 했더니, 상관없어, 아침의 기운만 느낄 수 있으면, 이란다.

우리 둘은 연립 주택의 좁은 뜨락으로 나가, 잠결에 여러 가지 포즈를 취했다.

요가를 하고서 풀 속에 앉아 밝아 오는 하늘 빛을 바라보며 싫어하는 사람 이야기를 할 때였다.

"싫어하는 사람이 있으면, 좋아질 때까지 떨어져 있으면 돼."

"무슨 소리야?"

하치가 말했다.

"이 세상에는 서로 이해할 수 없는 사람이 있잖아? 이해하려 아무리 애를 써도 절대 안 되는 사람."

"그래서."

"하지만 그 사람도 죽잖아. 똑같이 화도 내고 울기도 하고, 사람도 좋아했다가, 죽잖아? 그런 생각이 들면, 용서해 주자는 생각도 들고, 싫어할 수 없게 되잖아. 그건 멀리서 본다는 거야. 저 파란 하늘 위에서 내려다보는 것처럼. 빛하고 구름이 아름다우면 그 사람도 아름답게 보이고, 바람이 상쾌하면 용서하잖아? 그럭저럭 좋아지잖아?"

나는 의기양양한 기분이었다. 이 분야는 내 전문이니까 뭘 어떻게 얘기해도, 어느 것 하나 제대로 이해하지 못하는 엄마 손에 자랐으니까.

"지네 같은 거, 너무너무 징그럽지만 아주 가까이서 보는 것보다, 1미터 떨어지면 조금 낫잖아? 2미터 떨어지면 좀 더 낫고. 보이지 않는 데까지 멀리 떨어져도, 지네가 있다는 것은 잊어버리지 않잖아? 하지만 훨씬 낫잖아."

"하긴, 그렇네."

"떨어져 있는 거야. 문제는, 마음속으로 들어와 버린 경우. 그러니까 가능한 한 못 들어오게 하고, 거리를 두는 게 좋아. 정말이야."

"정말 그렇네."

하치는 조금은 슬픈 듯, 그러나 확신에 찬 투로 고개를 끄덕였다.

하늘이 투명했다. 샛별이 알전구처럼, 플라네타륨처럼 빛났다. 다이아몬드 부스러기 같기도 했다. 요가를 한 덕분인지 조금도 졸리지 않았다. 아침을 알리는 땅을 느낄 수 있었다. 치솟는 에너지를 느낄 수 있었다. 사방에는 아직 아무것도 시작되지 않은 혼돈스러운, 그러나 맑은 기운이 넘쳤다.

새벽이 이렇듯 힘찬 줄 몰랐다.

말없이 밝아 오는 하늘을 바라보았다.

그 어떤 예술가도, 점점 변해 가는 이 파란 기운을 종이에 담을 수 없다. 파르스름한 하늘을 배경으로 흔들리는 나무들을 필름에 담아 봐야, 이 시원한 바람은 찍지 못한다.

그런데도 해 보려고 하다니, 얼마나 어리석은 짓인가,

얼마나 사랑스러운 성품인가.

완전히 날이 밝아, 연립 주택에 사는 사람들이 움직이기 시작할 때까지 그러고 있었다. 그 후에는 나른한 졸음기 속에서 조용한 힘이 충만한 몸으로 여느 때보다 한층 격렬한 사랑을 나누었다. 하치는 늘 절대로 난폭하지 않지만, 아무튼 한결같이 격렬했다. 언제나 여기가 아닌 어디 멀리서, 무언가를 추구하고 있는 것처럼 보였다. 이렇게 좋은 섹스를 알고 있는데, 이제 곧 섹스도 할 수 없는 세계로 가다니 가엾었다.

그러기에 지금, 이렇게 열심인지도 모르겠다.

마치 영화처럼, 이라고 나는 생각했다.

매일 한 장씩 그림을 그리고 거기에, 글자를 곁들였다. 글자를 그림처럼 곁들였다. 그날 본 텔레비전 프로그램의 대사나 우연히 펼친 잡지에서 찾은 말을 디자인해서 그림 속에 넣었다.

그러는 편이 일기보다 생생한 느낌이 들어 좋았다.

비 내리는 날에는 쓸쓸하니까 극채색으로 칠하고, 화창한 날이라도 생리통 때문에 짜증스러우면 수묵화 터치로 그렸다. 이렇게 대수롭지 않은 시도 속에서, 어느 날 갑자기 예술이 솟아난다. 늘 그랬다.

가장 흔해빠진 것들과 가장 통속적인 것들로 이루어진

숲이 있고 그 비옥한 땅 속 아주 얕은 곳에, 모두들 알고는 있지만 제대로 꺼낼 수 없는 무언가가 조그만 뼈 조각처럼 묻혀 있다.

그 조각을 고고학자처럼 조심스럽게 꺼내는 것이, 그림을 그리는 행위다. 가짜도 수두룩하게 묻혀 있다. 꺼내면 기분 좋은 것, 재빨리 기분 좋게 해 주는 것. 그러나 그런 것들은 누구 다른 사람에게 넘기고, 나는 내가 찾아낸 원석을 스스로 갈고 닦는다. 나 혼자 끼워 맞춘 멜로디가 흘러나올 때까지.

아무튼 그 일에 열중했다.

그 작업은 마치 '상자 정원 요법'처럼, 내 상처를 몇 번이나 드러내 주었다.

사랑하는 하치와 자연스럽게 거리를 유지하기 위해, 나는 자신의 내면에서만 괴로워했다. 숨이 콱콱 막히는 색채를 동무 삼아, 하염없이 깊게 빠져들었다. 그리하여 속박에서 벗어나는 동시에 무언가가 치유되고, 자의식이 없는 상태의 내가 그림 속에 얼굴을 드러내기 시작했다. 이것저것 생각하지 않고 그저 숨을 쉬는, 느긋하고 여유로운 나였다.

그것은 장애아의 그림과 비슷했다.

하지만 이게 바로 내가 좋아하는, 절묘한 색이라고 할

수 있는 색조가 몇 가지나 태어났다. 신기하게도 아무 생각 하지 않고, 이 모양에는 이 색, 아, 지금 저녁 해가 예쁘니까 오렌지색을 여기에, 아이스크림 먹고 싶으니까 여기에는 하얀색을, 그런 식으로 종이 위에 색을 올려놓으면 어느 틈엔가 내 머릿속의 색들이 제멋대로, 그러나 적절하게 공명하고 어우러졌다.

몸을 맡긴다 함은, 우선은 바짝 긴장하고 숨을 조이고, 그러고서 풀어냄을 뜻하는 것이었나 보다.

의식하지 않으면 않을수록 그림이 잘 그려졌다.

그렇게 나는 그림을 그리는 일과, 나 자신과 친구가 될 수 있었다. 이게 기본이었다.

예를 들면, 집을 지었으니 이제 집세를 내지 않아도 되니까 먹을거리만 있으면 된다는 감각과 비슷했다. 그것만 있으면, 그 일만 잘 되면, 일단은 안심하고 이 세상에 존재할 수 있다.

무슨 소리야, 난방비니 재산세니, 오히려 더 성가시다고 할 사람도 있을지 모르겠지만, 내게는 훨씬 더 본능적인 절실한 문제였다.

나는 내가 마음먹은 대로 그릴 수만 있으면, 그럭저럭 살아갈 수 있다. 그러나 만약 그림이 나 자신과 만나는 일이 없어진다면, 어떻게 될지 알 수 없다.

아아, 내게는 그림인 것이 엄마한테는 '자비의 마을'이라면, 어떻게 하나.

이렇게 거리를 두고 지내다 보니, 정말 용서하고픈 마음이 들고 말았다. 하지만 그림을 그리는 것은 단체가 아니니까, 다를 듯도 했다. 사람 일은 알 수가 없다. 그냥 놔두는 수밖에. 그렇게 여겨졌다. 엄마가 그 일을 그만두었으면 좋겠어서 나름대로 애를 썼지만, 이제 상관없다고 생각했다.

편했다. 우리 집이 우리 가족만 사는 집이었으면 좋겠다고 바라는 마음만 버릴 수 있으면, 의외로 간단한 일이었다. 뒤집어 말해, 그것을 버리기란 그리 쉽지 않다.

하지만 그럴 수 있다. 계기만 놓치지 않으면.

친구만 있으면.

그런 생활이어서 별로 많이 먹지 않았다.

나는 아주 묘한 식으로 말라 갔다. 비빔 국수와 빵만 먹는 날도 있고, 토마토만 아작거리는 날도 있고, 그런가 하면 하루 세 끼 꼬박 챙겨 먹는 날도 있고, 그저 기분 내키는 대로 먹었는데 왠지 몸이 가벼워졌다.

"여기는 도시의 절간."

나는 웃었다.

"왜, 조금 전에 갈비 구이 정식 먹었는데?"

하치가 갈비 냄새 나는 티셔츠로 내 머리를 안았다. 하치의 몸은 항상 뜨겁다. 특히 가슴 언저리와 머리가 뜨겁다. 오랜 세월 요가를 한 탓인지, 체질인지 잘 모르겠다. 하지만 이 기묘한 뜨거움을 나는 평생 잊지 못할 것이라고 생각했다.

"살이 안 찌는걸 뭐."

"아아, 하긴 그렇군. 배도 별로 고프지 않고."

하치가 말했다.

우리는 무슨 수행을 하고 있는 것이다. 알게 모르게, 자연스럽게, 숨을 쉬듯이. 암만 사용해도 줄어들지 않는 무엇, 이 세상에 있을 수 없기에 모두가 동경하는 것을 창조해 내는 연금술을, 우리들 자신의 몸에 시술하려 했다. 언젠가는 끝나는 청춘이란 것을, 지속시키는 방법을 연구하고 있었다.

우리는.

제3장

'남자는 결국 마릴린 먼로 같은 여자를 좋아하는 법이야.'

그런 억지스러운 의견을 종종 듣는다. 예의 사강도 그런 말을 한 듯하다.

하지만 여자는 결국 '항상 같이 있어 주는 사람'을 좋아한다고 나는 생각한다. 시장을 보러 갈 때나, 카페에서 커피를 마실 때나, 파티에 참석할 때나, 어디든. '그런 남자, 있을 턱이 없잖아.' 남자들이 그렇게 생각하는 남자를.

아아, 그러고 보니 사강은 어쩌면 그런 말도 했는지 모르겠다. 과연, 많은 것을 잘 알고 있는 사람이다.

요컨대, 양쪽 다 나름대로 할말이 있는 것이다.

나는 먼로 같은 여자도 아니고, 더구나 하치는 자기 기분이 내키지 않으면 아무 데도 같이 가지 않는다. 어디든 같이 갈 수 있는 남자 따위, 지긋지긋해서 싫다.

하치와 나는 대체 뭘까, 하고 종종 생각했다. 남자와 여자이기도 하고, 유일한 친구 사이기도 하고, 선생과 제자이기도 했다. 사랑의 불꽃이 활활 타오르는, 그저 마냥 만나고만 싶은 연애의 초기였다.

타인인데, 내내 따로따로 살아왔는데 어떻게 이렇듯 가깝게 함께 있는 것일까?

정해진 기간 속에서 모든 것을 보류한 '달콤한 생활'이었다. 하치는 옛날에는 가끔 나가던 화랑 아르바이트조차 거의 하지 않았다. 나날이 우리 둘의 공간은 밀도를 더해 가고, 둘은 자족하고 있었다. 기본적으로 다른 친구는 필요 없었다.

굳이 말을 하지 않고서도 조화로울 수 있었다. 잠들기 전에 한 사람이 물을 끓이면, 한 사람이 주전자에 찻잎을 넣었다. 밖으로 나가고 싶은 때와, 그냥 집에 있고 싶은 때도 일치했다.

만약 여기에 장래성이란 것이 개입한다면, 나는 끔찍해서 숨을 쉬는 것마저 고통스러워할 것이다. 사랑의 둥지는 유배지로 모습을 바꿀 것이다. 하지만 우리에게는 정해진

기한이 있고, 그것은 외로움보다 완벽함과 연결되어 있었다.

사실 이 세상에는 장래성 따위 있지도 않은데, 생의 시간에 매달리는 나의 마음보는 날마다 내일 들어갈 감옥을 만들어 낸다.

하치와 마냥 함께 살아도 괜찮다고 한다면, 나는 또 스스로 감옥을 재구성할 것이다. 반대로, 작년의 내게 누군가가 '내년에는 종교를 떠날 것'이라고 가르쳐 주었대 봐야 코웃음을 쳤을 것이다.

기간이 정해져 있으면, 그런 일들을 쉬이 알 수 있다. 부자유스러움의 얼개를. 그리고 매사 물러날 때를 아는 것이 얼마나 생명을 활기차게 하는지를.

지금 이 영원한 상자 정원을 무너뜨릴 수 있는 것은 하나도 없다. 우리에게는 밤도 낮도 의무도 없고, 내일을 위해 고수해야 하는 비전도 없었다.

모두가 우리처럼만 살고 있다면, 참.

상대방을 잘 알 수 있을 텐데. 자기 자신을 잘 알 수 있을 텐데. 친절할 수 있을 텐데.

하치는 많은 것을 아낌없이 가르쳐 주었다. 하치가 과거에 얻은 지식과 여행하면서 본 것, 만난 사람들. 풍요롭게 펼쳐지는 미지의 세계. 과연 산으로 들어가고자 하는 사람답게, 그는 그 분야에 관한 분명한 것을 갖고 있었다.

옛날에 인도에서 배웠다면서, 육체적이거나 정신적인 아픔을 도려내는 방법도 가르쳐 주었다.

나는 습득력이 부족해서 별로 좋은 학생은 못 되었지만, 그래도 배우는 사이에 촛불에 손을 갖다 대도 뜨겁지 않아졌다.

그런 것은 의외로 간단하고, 요술처럼 재미있었다. 머리를 텅 비울 수 있고, 할 수 있다는 믿음만 있으면 가능한 일이었다.

"한번 안 되면 안 된다는 생각이 눌어붙어서 떼어 내기 힘드니까, 처음 할 때의 집중이 중요해. 그리고 물론 거기에는 요령도 있지만, 말로 하면 할수록 멀어지니까, 그리고 줄어드니까, 깨달은 사람이 이러니저러니 말하지 않는 것은, 말할 수 없어서가 아니라 말하면 줄어든다는 것을 알기 때문이야. 마음이 고결해서 말하지 않는 게 아니고, 테크닉이기도 하니까 말이지. 그런데도, 자기가 걸었던 똑같은 길을 지나온다는 것을 알아. 다른 사람들이 너무 똑같은 길로 오니까 사랑스러워서, 남 일이란 느낌도 전혀 들지 않고. 자기하고 다른 사람 구별이 진짜로 없어져 버려."

하치가 말했다. 그럴 법한 말이네, 하고 생각하면서 그 눈썹과 아름다운 눈을 보았다.

어느 날, 우동을 만들어 먹고서 느긋하게 쉬고 있을 때, 나는 문득 떠오른 생각을 말했다. 더운데, 어쩐 일인지 밤공기는 서늘했다.

"명상이라는 거 자는 건 줄 알았는데, 눈을 아주 똑바로 뜨고 있는 거대."

"온 눈을 활짝 뜨고 보는 거야."

하치가 말했다.

"마오는 바탕이 있는 데다 마음이 깨끗하고 순수해서, 금방 알 수 있는 거야. 이런 거는 꼬치꼬치 따지고 드는 사람일수록 알기 힘들거든."

"하치는 그런 거 양부모님에게 배웠어?"

"음. 우리 할아버지나 할머니나, 이런 게 인생 그 자체였으니까."

"계속 여기 있으면 좋을 텐데. 안 가면 좋을 텐데. 내게 가르치는 것처럼, 여기 사람들에게도 가르쳐 주면 안 돼?"

"저 말이지, 좀 이해하기 어렵겠지만…… 그렇게 되면 다른 사람의 인생이지, 내 인생이 아니야. 원래 난 인생의 덤 같은 거라고 생각하고 일본에 왔고, 시간이나 죽이는 식으로 지냈어. 그런데, 지금은 달라. 애인은 죽었지만 친구도 있고, 그리고 지금은 이렇게 마오와 생활하고 있어. 무언가 새로운 것을 알게 된 듯한 기분이야. 지금까지 나한테 없었던 것을. 그러니까 없어서는 안 되는 시간이었던 거지. 무심히 흘려보낼 수 있는 시간 따위는 없다는 것을 알았어. 마오를 만나 일본에서 해야 할 일이 절정에 달했고, 이제 시간이 얼마 없다는 것을 더욱 실감하고 있어. 철새가 때가 되면 본능적으로 이동하는 것처럼 말이야. 자신의 운명을 점점 더 확연하게 알게 되었어. 그 길을 가자는 결심이 섰어."

할머니 덕분에 이런 얘기에는 익숙하다. 다행이다. 만약 전혀 모르는 분야였다면, 듣는 것만으로도 우리 둘의 귀중한 시간을 축낼 뻔했다.

하치의 길과 나의 길이 갈라져 있다는 것, 내가 나의 미래를 그림에 걸고 있는 것처럼, 하치 역시 그곳으로 가는 것에 인생을 걸고 있음을 안다.

한 사람의 인간이 진심으로 결정한 일은 다른 사람이 좌지우지할 수 없다.

"너에게는, 그런 생활이야말로 자연스럽다는 거구나."

"음. 여기서 태어나고 자랐다면 몰라도…… 일본 따위, 일본에서 당연하게 여겨지는 일들 따위, 정말 사소한 것들이야."

"일본을 버리는 거네."

"나란 인간 자체가, 일본에서 인도로 버려진 아이인걸

뭐."

"있지, 힌두 말 좀 해 봐."

내가 말했다. 하치는 나는 모르는 말로 내게 말을 걸었다.

하치가 인도 사람처럼 보였다.

"터번 감을 수 있어?"

"물론이지."

"해 봐, 감아 봐."

하치는 벽장에서 적당한 천을 꺼내, 마술처럼 단단하게 내 머리에 터번을 감아 주었다.

"우와, 멋지다!"

거울을 본 나는 놀랐다.

"정말이네."

"그럼, 지금까지 못 믿었단 말이야?"

하치는 깜짝 놀라며 물었다.

둘만의 방의 커튼이 흔들리고 있었다. 여기는 일본의 밤, 눅눅하게 방까지 적시는 어둠의 기운.

내가 아무리 발버둥 쳐도 지금까지의 생활을 지울 수 없는 것처럼, 하치의 고향은 여기가 아니다.

훨씬 더 덥고, 건조하고, 넓은 곳.

경치가 좋고, 자연이 험준한 곳.

조용한 하치가 언제나 여느 사람들보다 호쾌한 인상을 풍기는 이유. 하치의 대담하고 무구한 감정 표현의 배경을 이루는 것.

아득한 풍경과, 하루가 길고 긴 나라.

코끼리가 있고, 시장이 있고. 아주 가난한 사람과 아주 부유한 사람과, 몹시 허둥대는 사람과 미동조차 하지 않는 사람과, 그렇게 극단적인 사람들이 있는데 누구나 다 기우는 저녁 해의 은총을 받는 나라.

"거기, 남자들뿐이야?"

"그렇지."

"하치, 힘들지 않겠어? 카푸치노도, 비디오도, 음악도, 술집도, 섹스도 없다니, 지금에 와서 견딜 수 있겠어?"

"잘 모르겠어. 죽고 싶을 정도로 괴로워서, 울면서 발악을 할지도 모르지. 하지만, 없으면 없는 대로 길들 것 같은 기분도 들어. 조금씩 조금씩 익숙해지다 보면, 그런 것들이 아주 멀게 느껴질 것처럼 말이야. 지금은 상상조차 하기 어렵지만, 혹독한 자연에 에워싸이면 의식이 바뀌지 않을까. 여기 처음 왔을 때도, 너무 끔찍해서, 평생 정들지 못할 거라고 생각했는데 지금은 아주 재미있게 지내잖아."

"나, 생각해 줄 거야? 언젠가, 편지 같은 것도 보내 줄 거야?"

"우체국이 있는 곳이면 좋겠는데. 하지만, 언젠가는 꼭."

"고마워. 그런 거라도 없으면, 나 힘들어서 지금 여기 있을 수 없어."

"마지막 연인이라잖아. 속세에 미련이나, 남기고 싶은 인연이 있다면 너밖에 없으니까."

하치가 말했다.

부부도 아니고, 운명의 여자도 아니다. 할머니의 표현력은 완벽했다.

구체적이고 즉물적으로 나는 그의 마지막 연인이었다. 그가 태어나서 지금까지 살아온 흐름 속에서, 마지막인.

달리 표현할 길이 없다.

멀리 떨어져서야, 그녀의 정확함을 점차 알게 되었다. 할머니는 말수가 적어 별로 얘기를 나눈 적도 없었고, 나의 고뇌 따위 전혀 보고 있지 않은 것 같아서, 정말 쌀쌀맞은 사람이네, 이 상황을 어떻게 좀 해 봐라고만 생각했다. 그러나 할머니는 늘 무언가를, 어떻게 좀 하지 않는 방향으로 애쓴 사람이었다는 것을 알게 되었다.

과연, 사람들이 모여들 만하다.

겨우 그리워졌다.

지금 새삼스레 단란의 등불이 마음속에 아스라하게 밝혀진 것이다.

"터번 풀어 줄까?"
"아니, 더 하고 있을 거야."
"그러고 밥 먹으러 나갈 거야?"
"멋있잖아."
터번을 감은 채 밖으로 나갔다.

 벌써 가을 벌레가 울고 있었다. 쌀쌀한 바람에서 살짝 살짝 소금 냄새가 나고, 거리는 바닷가 같았다.
 하치, 일본의 자연도 조촐하고 좋아, 하고 나는 생각했다.
 정원이 없어도, 다들 화분에다 조그만 자연을 만들어놓고 복작복작 따사롭게 생활하고 있어. 아시아의 끄트머리 섬, 사계절이 있는 이 섬에서 단조로운 생활을 예술의 영역으로 끌어올린 사람들이라고.
 벌레 소리에도 눈물을 흘리는, 이 희미한 마음의 흔들림. 만물의 음악을 알아듣는 귀. 아주 조그만 곳을 가만히 쳐다보다, 그 속에서 아름다움의 배열과 우주의 비밀과 신의 의지까지 상상하는 감수성. 하루살이처럼 허망한 생명의 섬세한 숨결이 싱그러운 공기에 담겨 있다.
 나는 오래도록 이 나라를 좋아했으니, 하치도 가능하면 이 나라를 사랑하고, 그 마음을 잊지 않고 소중하게 간직

해 주었으면 한다.

 라면 집 아저씨가 나의 터번을 칭찬해 주었다.
 집으로 돌아와 세수를 할 때야 비로소 풀었다.
 정말 단단하고 예쁘게 감겨 있어 감탄했다.
 하치의 냄새와 나의 샴푸 냄새, 그리고 만두 냄새가 났다.
 오늘 하루를 머금은 천.
 몇 번이나 냄새를 맡았다. 맡을수록 도망가 버리는데, 몇 번이나.

 하치가 가장 동요한 것은, 우리의 생활이 완성형에 가까워진 가을 초엽이었다.
 그 무렵, 우리 머리 위로 이별의 그림자가 짙게 드리워져 있었다. 사랑의 열정이 이별의 조짐을 불러들이는 것은 흔히 있는 일이다. 하물며 우리 경우에는 어쩔 수 없다.
 나는 한번 결정한 일을 호언한 주제에 동요를 보인 하치의 나약함을 혐오했다. 보고 싶지 않았다. 내게 아픔을 느끼지 않는 방법과 호흡을 적게 하는 방법을 가르쳐 준, 무엇이든 알고 있는 하치가 아닌 것 같았다.
 늘 음울한 표정으로, 아침이 되어도 이불에서 나오려고 하지 않고, 수염을 텁수룩하게 기른 얼굴에 듬직한 어깨를

떨면서 말한다.

"아아, 일어나기 싫다. 오늘이 안 오면 좋을 텐데."

어쩔 수 없잖아, 라고 나는 말한다. 나는 어린애라서, 이별의 의미를 몰랐다. 아마도 영원히 알 수 없는 타입이리라. 언제나 똑같은 곳에서 돌부리에 걸려 넘어져 운다.

그렇게 결정한 건 하치잖아, 그러니까 빨리 일어나서, 하나라도 더 많은 추억을 만들러 가자구!

나는 그런 말을 명랑하게 한다.

"아아, 잘 모르는군, 너는 하나도 몰라. 난 이제 산 속에서 살고 싶지 않단 말이야, 내 인생 따위 알 바가 아니란 말이야."

"그럼 안 가면 되잖아, 바보처럼 굴기는."

하치가 무슨 말을 하려는 건지 몰라 그렇게 대꾸한다.

"아니, 갈 거야. 갈 수밖에 없어."

하치는 잠시 말이 없다가, 포기하고 스스로에게 그렇게 말한다.

그런 일이 많아졌다.

어떤 아침에는 이런 말도 했다.

"택시 운전사 중에, 타는 손님마다 토하는 재수 없는 사람 있잖아?"

"그런 사람 없어."

나는 웃는다.

"아니, 있어. 지난번에 당사자에게 들었는걸. 그 얘기가 너무 강렬해서, 왠지 요즘 자주 떠올라."

"그런 사람이 정말 있단 말이야?"

"차에다 토해 놓으면 냄새가 나니까, 그날 장사는 끝장이래."

"흐음."

"그런데 재수가 없는 운전사는, 손님만 탔다 하면 항상 토해 댄다는 거야. 이 손님은 토하겠다, 하고 안다는 거야."

"술 취한 손님이겠지. 그런 사람은 안 태우면 될 텐데. 넌더리가 난다고, 지긋지긋하다고만 생각하니까, 손님이 토했을 때의 기억이 머릿속에서 과장되는 것 아니야?"

"그야 물론 그렇겠지만, 그 사람, 영업소에서도 그 일로 유명하대. 너무 자주 그런 일을 당하니까, 자기가 토해 놓고 그러는 거 아니냐며 병원에 가 보라고들 한다는 거야. 더구나, 헤롱헤롱 취했는데도 토하지 않는 사람 있잖아. 하지만 그 운전사가 '이 사람 토하겠지……' 하고 생각한 손님은 영락없이 토한대. 그래서, 사람들이 많이 다니는 곳은 피해서 다니기도 하는데, 그래도 소용이 없다는 거야. 세타가야 구(區) 오쿠자와의 캄캄한 주택가에서 태운 손님이 글쎄, 술도 안 마셨는데 갑자기 속이 울렁거린다며 토하더라는 거야."

"재미있네."

"그 아저씨, 인상이 굉장히 예민해 보였어. 표정도 우울하고. 그야말로 손님이 토할 만한 느낌이었어. 그런 경우, 토하면 안 되지 하고 생각하면 더더욱 속이 메슥거리잖아. 그런 식이니까 점점 더 토하지. 나도, 그 아저씨가 침울한 표정으로 토하는 얘기만 해 대니까, 속이 이상해지던걸 뭐. 하지만 그 외에도 운명이랄까, 그 운명이 의미하는 것이랄까, 어쩌면 더 이상 운전 안 하는 편이 좋을 거란 뜻일지도 모르고, 어쩌면 그 일이 적성에 맞지 않아서 항상 우울하고, 누가 토하기라도 하면 오늘 일을 끝낼 수 있을 텐데, 하고 정말 마음속으로 생각하고 있다든가, 혹은 너무 의식한 나머지 그런 일을 자초하는지도 모르지. 요컨대 몇만 가지 요소가 얽히고설켜서 그런 운명이 된 걸 거야."

"음, 그래서 어쨌다는 건데?"

나는 물었다.

"마찬가지로 내 인생은, 아무리 먼 길을 돌더라도 언젠가는 산 속으로 들어가든지, 수행의 길로 들어서든지, 그럴 수밖에 없다는 거지. 내가 나인 한 피할 수 없다는 뜻이야. 몇만 가지 요소가 얽히고설켜서 그렇게 결정되어 있는 거야. 마치 타는 손님마다 토하는 운전사가 오물과 인연을 끊을 수 없는 것처럼 말이야. 그 몇만 가지 요소를 볼 수 있는 사람이 바로 너네 할머니 같은 사람이야."

"잘 알기는 하겠는데, 그거 역시 고통스러운 일이야? 하치의 인생…… 그런 일을 당하는 운전사밖에는 비유할 길이 없는 건가."

"으음, 지금은 그 비유밖에 생각나지 않아…… 아무튼 커피 끓여 준다니까, 토하는 얘기만 하다가 일어날 마음이 생겼어. 의외로 효과 있네."

하치는 웃었다.

운명론은 그것을 믿는 당사자가 있기에 성립하는 것이라고 나는 생각한다. 그러니까 만약 산으로 가지 않는다면, 하치는 '확실하게 그것을 믿고 있는' 힘과 '똑같은 분량의' 힘에 짓눌려 인생을 망칠 것이다.

유감스럽게도, 나의 사랑으로 그 운명을 바꿀 수는 없을 것 같았다. 하치의 생명 자체가, 운명에 포함되어 있기 때문이다. 어쩌면 이 사람은 정말 거기로 가야 하는지도 모른다고 생각했다. 그런 인생도 있을 수 있다. 내가 거기를 빠져나오지 않고는 도저히 견딜 수 없었던 것처럼.

나는 커피를 끓였다. 그리고 커피가 아침 햇살 속에서

마침 향긋한 냄새를 풍기기 시작할 무렵, 하치는 울기 시작했다. 이른 햇살에 알몸을 드러내고 다이내믹하게 울었다.

바보같이, 라고 생각하면서도 감동한다. 그 광경이 아름다워서 나도 울고 싶어진다. 하치는 두고두고 후회하지 않도록, 서슴없이 감정을 발산했다. 지금의 슬픔을 지금으로 끝내기 위한, 살아 있는 테크닉이었다.

그림을 그리고 싶다. 사진은 안 된다, 글자도 할 수 없다. 그림만이 겨우 나의 이런 마음에 닿을 수 있는 매체다. 나는 오래도록 자신의 감정을 빼놓고 살아왔고, 누군가가 나 때문에 절박해하는 장면 따위도 본 적 없어서, 멍청하게 아무 눈치도 채지 못했다.

하치는 그 무렵 그런 식으로 몇 번이나 말했다.

아이 러브 유, 아이 러브 유, 너를 좋아해, 너랑 있고 싶어, 하지만 안 돼, 네가 좋아, 사랑하고 있어, 너랑 내내 같이 있고 싶어.

온몸으로, 떼를 쓰는 어린애처럼 몇 번이고 몇 번이고.

그때가, 하치가 나를 가장 좋아했던 때였다. 가장 흔들렸다. 나는 모르는 척 흘려들었던 기간이었지만, 하치는 나를 최고로 좋아했다. 눈물을 흘릴 정도로 정말 좋아했는데.

여름 방학이 끝나고도, 학교에는 가지 않았다. 친구에게 전화를 걸어 물어보았더니, 우리 집이 종교 단체라서 이런저런 일이 많은 점을 배려해 선생이 크게 문제 삼고 있지 않은 모양이었다.

엄마에게도 전화했다.

"잘 있니?"

엄마가 차분하게 물었다.

"응. 엄마 바빠?"

"여러 가지로 일이 많아. 언제든 돌아오너라. 다들 보고 싶어 해. 여기는 자유롭게 왔다가 자유롭게 떠날 수 있는 곳이야."

"학교는 1년 휴학한다고 해 줄래요?"

"그건 안 돼."

"그렇지만 난 안 가. 지금 다른 중요한 일이 있어."

"안 된다니까."

"생각해 봐요."

"그건 허락할 수 없다."

"또 전화할게."

나는 전화를 끊었다.

높고 투명한 가을 하늘을 보며 걸었다.

서로 이해하지 못할 게 뻔하고, 이해해 달라고 매달리고

픈 마음도 없다.

억지로 무슨 수를 쓸 리는 없을 것이다. 엄마는 내게 관심을 보일 틈이 없다. 가르침 속에 사이좋게 지내라는 내용이 들어 있기에 친절할 뿐, 아이는 동네 전체의 아이라고 생각하니까.

하지만 덕분에 어렸을 때는, 자상한 할머니들이 번갈아 나를 길러 주었다. 밥도 다들 함께 먹었다. 나는 사랑을 알고 있다. 그것이 설사 거짓에 뿌리내린 것이라도.

안 그래도 하치가 있는데, 새 친구가 생겼다. 그래서 학교에 가지 않아도 쓸쓸하지 않았다. 이상했다. 엄마와 하치 외에는 대화할 수 있는 상대가 영원히 없을 것이라고 생각했으니까.

알렉산드로 조반니 제레비니.

그는 넓적한 얼굴에 수염이 텁수룩한 이탈리아 아저씨다. 엄청난 부자라, 로마에 돌아가 있을 때는 대저택에서 산다고 한다.

1970년대에 줄곧 인도에서 살았는데 그때 하치를 알게 되었단다.

일본에 산 지 한 4년 정도 된다. 나는 그의 긴 이름이 마음에 들어, 늘 '쥬게무'*를 생각하면서 풀 네임으로 불렀다. 그는 신나 했다.

그는 대개 시부야의 정해진 카페에 있다. 좁고, 어둡고, 오래 있을 수 있는 카페. 늘 붉은 포도주를 마신다. 그를 만나고 싶으면 집에 전화를 걸기보다 그쪽으로 가는 편이 빠르다. 거기에서 그는 많은 사람들을 만난다.

그는 왕성하게 뿌리를 뻗는 지혜의 나무였다. 그 나무 아래서 모든 분야의 사람들이 어떻게든 자기 자리를 찾는다. 양분을 빼앗기지 않으려고, 필사적으로 좋은 열매를 맺는다.

나는 그가 마음에 들었다. 그래 봐야 내가 마음에 드는 사람을 발견할 수 있는 것은, 항상 하치 주변뿐이었다.

무언가가 태어나고 있는 기운이 나를 에워싸고 있었다.

그는 항상 젊은 여자 친구나, 예술 대학 같은 데 다니는 젊은 남자 친구와 함께였다. 그의 주위에는 기본적으로 느낌이 좋고 얘기도 잘하는 젊은이들뿐이었다. 그는 나를 소개하며, '신흥 종교 단체 교조의 손녀인 마오짱'이라고 했다. 하치가 그에게 나를 익살스럽게 소개했기 때문이리라.

그래서 모두들 우리 집의 생활을 궁금해하길래, 권유를 받은 것은 아니지만 이때다 하고 가르쳐 주기도 했다.

---

* 축복받은 긴 이름으로 웃음을 자아내는 고전 만담의 한 편.

알렉산드로 조반니 제레비니는 음악과 춤을 무척 좋아했고, 좋은 이야기를 들으면 눈물 지었다. 별 볼일 없는 그림이나 음악을 접하면 미친 듯이 화를 냈고, 본인 앞에서 다짜고짜로 비난했다. 저 분노는 어디에서 무엇 때문에 오는 것일까, 하고 생각될 만큼 진지했다.

아마도 예술에 대한 순수한 사랑에서 오는 거겠지, 하고 나는 생각했다.

딱히 이렇다 할 일을 하는 것도 아니고, 공식적인 후원자 같지도 않았다. 그저 극장이나 조그만 화랑, 그리고 콘서트에 자기 시간 전부를 쏟아부어 가며 다녔다. 평론도 썼다. 전시회다 페스티발이다 하면서 베네치아, 뉴욕, 로스앤젤레스 등지를 돌아다녔다. 유망하지만 가난한 젊은이를 골라 늘 데리고 다니면서, 좋은 것을 보여 주고 때로는 범하기도 했다.

멋모르고 따라갔다가 당했다고 우는 이들도 있고, 흠뻑 빠져서 사귀는 이들도 있었다.

그러니까 아주 좋은 사람은 아니지만 그렇게 나쁜 사람 같지도 않았다.

많은 기업과 화랑에서 그에게 의견을 물으러 온다. 아무튼 그런 일을 직업으로 삼고 있는, 정말로 예술을 좋아하는 아저씨였다.

나는 그에게 그림을 보여 주기가 겁났다. 하치는 나의 내장의 연장 같은 사람이니 부끄러울 것도 없었지만, 그는 처음으로 내 그림을 보는 '타인'이며 더구나 전문가였다.

그림을 전부 들고 가 보여 주었다. 가슴이 쿵쾅거렸다.

그는 눈깜짝할 사이에 선별해 냈다.

"이건 아직 잘난 척하고 있어, 이건 보는 사람을 의식하고 있고, 이건 지나치게 생각이 많군."

놀랄 만큼 정확해서 마치 점쟁이 같았다.

"이건 좋아, 오오, 이건 감동이로군. 훌륭해. 음, 자네한테는 재능이 있어. 분명하게 느낄 수 있어. 여기에는, 뭔가 여기밖에 없는 것이 있어. 이건 좋아."

그는 정말 눈물을 머금고 그 그림을 쳐다보았다.

그림을 그린 사람의 반짝이는 빛이 드러나 있으면, 눈물이 나오고 만단다.

그것은 내가 「이프 아이 워즈 유어 걸프렌드」란 곡을 크게 틀어 놓고 그린 조그만 그림이었다.

내가 너의 여자친구라면
옷을 입혀 줘도 좋아
그러니까 외출할 때 옷 고르는 것도 도와주고 말이야
네가 혼자서는 아무것도 못한다는 뜻이 아니야

하지만 사랑을 하면 그런 일이 종종 많잖아
내가 너의 단 하나뿐인 친구라면
다른 사람에게서 상처를 받았을 때, 내게로 달려오는 거야
그 사람이 나였더라도 말이야
이따금 상상하곤 해, 우리 둘만 있다면 얼마나 신날까
상상해 봐
머리를 감겨 주기도 하고
가끔은 아침밥 지어 줄 거야?
아니면 그냥 훌쩍 밖으로 나가 거닐기도 하고
영화를 보고 둘이 울 수도 있을까…….

슬럼프에 빠져 있을 때면 하치가 이 곡을 너무 여러 번 들어서, 그렇게 언제든 두 사람의 배경에 그 음악이 흘러서, 나를 향한 하치의 마음 같고 하치를 향한 나의 마음 같은 기분이 들어서, 이 곡을 들으면 독특한 공기가 가슴으로 차올랐다. 고요하고, 미쳐 버릴 듯하고, 행복하기도 한. 그런 감정을 전부 한순간에 각인하는 기분으로, 베이지색 종이에 짙은 갈색 컬러 잉크로 단숨에 그린 것이었다.

"으음, 이건 아주 좋아. 상대가 친구라도 나는 입에 발린 칭찬은 하지 않아. 이런 걸, 무심하게, 더 많이많이 그

리도록 하자. 그러면, 언젠가 반드시 내가 할 수 있는 일이 생길 테니까. 너를 위해서 말이야."

그가 말했다.

나는 기뻤다. 그에게 그런 말을 들으니, 나는 순순히 그림을 그리기 위해 이 세상에 태어났다고 생각할 수 있었다. 천국에서 하느님에게 그런 맹세를 한 듯한 느낌이었다. 언젠가, 아름답고 하얀 빛이 빛나는 곳에서. 그 어떤 산보다 아득히 높은 곳에서.

그에게는 사람으로 하여금 뭐가 하고 싶은지 깨닫게 하는 재능이 있다.

나는 알렉산드로 조반니 제레비니에게 그 그림을 주기로 했다. 액자는 하루 걸려 하치가 만들었다. 금색으로 칠한 알루미늄 틀과 유리로. 둘이서 예쁘게 포장하고는, 한밤에 그의 집 앞에 놓아두러 갔다. 흥분해서, 뛰어갔다.

그다음으로 친구가 된 사람은, 알렉산드로 조반니 제레비니의 여자 친구 중 한 명인, 회사원 미키짱이다.

알렉산드로 조반니 제레비니의 단골 카페에서 처음 만났을 때, 나는 말이 없는 그녀가 무서웠다. 미키짱은 펑키한 헤어 스타일에, 날마다 모스키노의 슈트를 입고 프라다 가방을 메고 회사에 다니고 있다. 그런 정도밖에 몰랐다. 그런 데다 회사에서 무슨 일을 하느냐고 묻는데, "난 거기서 혼자가 될 수 있다면 무슨 짓이든 할 거야."라고 대답했다. 어린애 장난처럼 여겨져 무시했다.

그런데 두 번째로 만났을 때, "지난번에 나 좀 이상했지? 미안, 취했었거든." 하며 웃는 얼굴이 귀여워 호감을 품었다.

"혼자라는 거, 어떤 거야?"

나는 그렇게 물어보았다. 그녀의 대답은 이랬다.

그녀는 나고야에서 태어났고, 형제는 열 명인데 그중에 넷째고, 게다가 여자는 그녀뿐이다. 혼자여서 얻을 수 있는 것도 잃을 수 있는 것도 다 경험했다. 그래서 모두 함께 있는 상황이 그녀한테는 아주 불안한 것이란다. 형제와 가족들은 그녀가 보다 여자답고 화려하게 꾸미면 좋아했고, 유별난 존재로 이름을 날릴수록 귀여워했다.

"여기서는 회사원이래야 나 혼자고, 회사에도 이런 차림 하고 가고 밤에 이런 친구들과 만나는 사람 나뿐이잖아? 그 정도로 적당해. 하지만 나 같은 사람이 많은 곳에 가면, 굉장히 불안해."

"그 정도의 차별화로 적당하단 말이지."

"그래."

미키짱이 방긋 웃었다. 타인이란 것을 거의 개의치 않는

특이한 웃음이었다. 솔직히 우리 집 주변에는 이런 타입의 사람이 아주 많았다. 하지만 미키짱은 그런 사람들과 달리 그다지 절박해 보이지 않았다. 그리고 같은 여자 친구면서도, 어딘가 섬뜩할 정도로 예민했던 '엄마'와도 다른 인상이라 사이좋게 지낼 수 있을 것 같았다. 뭐니뭐니 해도 인상착의가 포토제닉하달까, 뭐랄까 미인은 아니지만 절대로 싫증나지 않고 매력적이었다. 연예인에 비유하면, 챠라*란 사람을 닮았다. 그녀만큼 호화로운 입술은 아니지만, 대신 속눈썹이 길었다.

실제로 알렉산드로 조반니 제레비니의 친구인 사진가가 그녀를 찍은 적도 있는 듯했다.

"옷도 기꺼이 벗겠다고 했는데, 겨우 콩나물 시루 같은 전철 속에서 찍어 주더라고."

미키짱은 화를 냈지만, 그 사진가의 기분을 잘 알 수 있었다.

거리에 녹아 있는 그녀는 마치 갓난아기처럼 생기발랄하니까, 전철 안이었다면 무척이나 튀었을 것이다. 그녀만 흔들렸을 것이다. 마치 흑백 속에 섞인 컬러 같았을 것이다.

"회사에서 다들 뭐라고 말이 많은데, 신경 안 써. 주문

---

* 두텁고 매혹적인 입술을 가진 여가수.

을 외워. '내 안은 괜찮다.'라고."

"미키짱의 안, 이라는 거 말로 표현할 수 있는 거야?"

내가 물었다.

"할 수 없어. 평생. 그게 주문의 중요한 부분이야."

미키짱이 웃었다.

뭐가 중요하다는 건지는 잘 모르겠지만, 자신에게 중요한 것을 알고, 스스로 만족하는 점이 좋아 보였다.

하치는 드러내 놓고 질투하지는 않았지만, 내가 미키짱과 쇼핑을 하러 나가면 심심하단 표정을 지었다.

하지만 괜찮다. 예쁘장한 카페에서 커피를 마시거나 잡화점을 돌아다닐 때, 하치와는 맛볼 수 없었던 여자 친구끼리의 느낌이 재미있었다.

미키짱은 도시 생활의 즐거움을 잔뜩 가르쳐 주었다. 그런 거 처음이었다. 둘이서 마시러도 가고, 춤추러도 가고, 쇼핑도 했다. 가난한 나를 대신해 미키짱이 늘 돈을 내 주었다. 내가 어쩌다 커피값을 내거나 몇 푼 안 되는 돈을 보태면, 미키짱은 방긋방긋 웃으며 고마워, 라고 말했다. 그 느긋함이 나를 얼마나 편안하게 해 주었는지, 뭐라 말할 수 없다. 이 집은 뭐가 맛있고, 여기는 뭐가 좋고, 여기서 유행하는 것은 이거고. 미키짱에게 그런 말을 듣기

하치의 마지막 연인

란, 마치 음악을 듣는 것처럼 기분 좋은 일이었다.

 나는 어쩌면 친구도 만들 수 있고, 내 인생 역시 지금까지 생각했던 것처럼 비참하지는 않았던 것 아닐까?
 점점 그런 기분이 들었다.
 한겨울 일이었다. 하치는 단념했는지 냉정함을 되찾아, 하루하루를 그저 온전히 받아들이고 즐기는 듯 보였다.
 나는 하치에게 겨울 옷을 빌렸다.
 그 무렵 찍은 사진을 보면, 하치 옷이나 미키짱에게 얻은 이상야릇한 옷을 입고 있는 모습뿐이다.
 눈이 뿌릴 듯 구름이 잔뜩 낀 한밤의 일이었다.
 미키짱이랑 놀러 갔다 돌아오는 길에, 그녀가 오늘 밤은 알렉산드로 조반니 제레비니 집에서 잘 건데, 같이 가자고 하기에 알렉산드로 조반니 제레비니의 집으로 갔다.
 방 안까지 들어가기는 그때가 처음이었다. 건물 밖에서는 몇 번이나 보았고, 문 앞까지 간 일도 있었지만 그렇게 넓은 방일 줄은 몰랐다. 안쪽으로 길쭉한 건물이었던 것이다.
 실내는 호화스러운 느낌, 이라고밖에 할 수 없을 정도로 복작복작했다. 있는 것은 달라도 그 색의 홍수는, 파라자노프의 집을 연상시켰다.
 일본에 사는 외국인 치고는 드물게, 일본적인 것이 하나도 없었다.

방이 다섯 개 정도는 되는 듯했다.

나는 감격해서, 우와, 우와 굉장하다 하고 탄성을 질렀다.

둘은 완벽하게 이탈리아적 공간인 따뜻한 거실 소파에 느긋하게, 딱 달라붙게 앉아 어찌된 일인지 「탐정, 나이트 스쿠프」를 보기 시작했다. 그리고 담담하게 이런 대화를 나눴다.

"알렉산드로는 이 프로그램 되게 좋아하더라."

"오늘 밤은 이걸 보려고 일찍 돌아왔어."

추운 한밤의 바다에 떠 있는 어두컴컴한 공간에서, 텔레비전에서는 억센 관서 지방 사투리가 계속해 흐르고, 반짝거리는 빛이, 그것을 보는 두 사람의 진지한 옆얼굴을 비추고 있었다. 호젓하고도 아름다운, 이상한 광경이었다.

그 두 사람의 만남은 길거리에서 미키짱에게 한눈에 반한 알렉산드로 조반니 제레비니가, 이탈리아 말을 가르쳐준다는 명목으로 그녀를 꼬시면서 시작되었다고 한다.

포도주를 마시고, 프로그램이 끝나고, 내가 이제 그만 돌아갈까 하는 때에 불쑥, 하치가 초여름이면 인도로 돌아간다는 얘기가 나왔다.

알렉산드로 조반니 제레비니는 최근 하치에게서 그 말을 들었다고 한다.

"마오, 어떻게 할 거야?"
미키짱이 물었다.
"아직 아무 생각 없어."
나는 말했다.
정말로 생각하고 있지 않았다.
"여기 살면 되잖아."
알렉산드로 조반니 제레비니가 말했다.
"어머, 그렇네, 정말."
미키짱이 말했다.
"어, 어떻게."
내가 말했다.
"미키짱, 싫지 않아?"
"싫기는, 방도 많고, 잠글 수도 있고. 조반니가 덮치면 도망치면 되잖아."
"그래 맞아, 내가 덮칠라 싶으면 도망치면 되지."
두 사람은 정색한 표정으로 말했다.
"방도 비어 있고, 외국에서 온 친구들이나 뭐 이런저런 사람들이 한동안 살다 가기도 해. 그러니까 아무 상관없어. 특별히 대접하는 것도 없고."
알렉산드로 조반니 제레비니가 말했다.
그럼, 신세를 질지도 모르겠다, 하고 나는 부탁했다. 갈 수 있는 곳이 생겨 기뻤다. 묘한 느낌이었다.

"너, 두고 봐. 틀림없이 당할 테니까."
돌아와 그렇다고 전했더니, 하치는 험악한 얼굴로 말했다.
"하지만 너는, 칠칠치 못하게 그저 빌붙어 살지는 않겠지. 많은 일을 겪은 사람이니까."
이렇게 말하며 웃기도 했다.
조금은 샘도 나지만, 그것이 무엇과도 이어지지 않는 하치의 입장. 그리고 내 인생의 개척을 염두에 두기 시작한 나.
그 집에 신세를 지는 것도, 의외로 괜찮을지 모르겠다고 생각했다.
매일 겁탈당하지 않도록 긴장하며 사는 편이, 그나마.
다시 또 그 집에 틀어박히는 것보다는.
그 같은 과거로 돌아가느니보다는.

제4장

 나는 앞으로는 '그런 일이 어떻게 있을 수 있어.'란 말을 하기 어렵게 됐다. 변화란 언제나 급격하고, 모든 것이 정리되는 것 또한 너무도 재빠르다.
 이른 봄이었다.
 벚꽃이 피어 있을 때였다. 오랜만에 엄마에게 전화를 걸었다. 만에 하나 전화를 추적하면 어쩌나 하는 걱정에, 엄마에게는 항상 밖에서 전화를 걸었다. 전화 부스 안 좁은 공간에서, 겁이 나서 조심조심 걸었다. 그런데 엄마는 전화를 받자 다짜고짜 말했다.
 "엄마, 여기 그만두고 나갈 거다."
 귀를 의심했다.
 어렸을 때부터 늘 두고두고 생각했던 일이었다. 그렇게

되면 얼마나 좋을까 하고.

그러나 엄마의 생명에는 신자들과의 생활이며 할머니의 가르침이 마치 흡혈 담쟁이덩굴처럼 뒤엉켜 있으니까, 억지로 떼어 내면 죽을 거다. 하치와 하치의 결심과는 다른 것이다. 그러니 그만둘 때는 죽을 때라고 생각했다.

그런데 웬걸, 내가 포기하고 돌아선 지금에야, 갑자기 제정신을 차린 듯 엄마는 그렇게 말했다.

"왜? 할머니 가르침 안 지켜도 돼?"

"내가 개인적으로 지킬 거야. 이제, 이 집 사람들에게 진저리가 난다. 나를 비난하고, 쫓아내려고 일을 꾸미질 않나, 뭐가 자비라는 건지 모르겠다. 내 집이었는데, 지금은 그림자도 없어. 할머니 유골을 조금 얻어서, 시골에 가 살 거야. 야마나시에 사는 이모네, 보육원 하잖아. 거기 와서 살아도 좋다고 하기에, 일 거들기로 했다. 이제 여기 이름 따위 아무래도 좋아. 남은 사람들에게 맡길 거야. 할머니는 훌륭한 사람이었는데, 돌아가신 후로는 모든 게 변해 버렸어."

엄마는 피곤한 투였다.

"너, 어떻게 할 거냐? 생각해 두거라. 억지로 돌아오라고는 하지 않을 테니, 생활비며 짐이며, 깨끗하게 정리해야 하니까, 또 연락해."

지쳐 있을 뿐만 아니라, 패기도 없어진 듯했다. 마치 혼이 빠져나간 것 같았다.

'자비의 마을'의 후계자 찬탈전에서 이탈한 엄마의 모습은, 남자보다 무서웠던 젊은 시절의 엄마 같지 않았다. 얼빠진 중년 부인이었다. 그 충격이 컸다.

인간은 변하는 법이다.

시간은 흘러간다. 대수로운 흐름은 아니지만, 확실하게.

그 집 안에 할머니가 좋아하는 내가 있었다면, 엄마는 분명 이길 수 있었을 것이다. 자세한 건 모르겠지만, 엄마는 그 안에서 사귀었을 남자와도 헤어졌으리라. 그래서 한동안은 나를 원망하리라. 표면적으로는 부드러워도, 막상 무슨 일이 생기면 겉으로 나타나리라. 피할 수 없다고 느꼈다.

하지만 그런 일 따위, 엄마가 그곳을 떠날 작정이라면 대환영이다. 떠나기만 하면, 언젠가는 눈을 뜰 테니까.

기분은 결코 나쁘지 않았다. 하지만 믿을 수 없었다. 나를 데려가려고 거짓말을 한 것인지도 모른다고 의심했다. 하지만 아무래도 그런 것도 아닌 듯했다. 엄마의 짐을 거의 들어냈다는 사실도 새 전화번호도, 잇달아 알려 주었다.

"희한한 일도 다 있네."

"희한한 일도 다 있네, 이런……."

밤 벚꽃 아래를 걸으며, 마치 균형을 잡으려는 듯 나는 몇 번이나 그 말을 중얼거렸다.

벚나무는 그저 흔들리고, 흐드러지게 핀 꽃잎을 하늘하늘 떨어뜨렸다. 뜨뜻미지근한 밤공기가 파도치듯 밤거리를 채우고 있었다.

"모든 게 변하는 시기가 있는 거야."

돌아와 그 일을 말하자, 하치가 말했다.

"모든 일에는, 변하는 때와 장소가 있어. 좋든 나쁘든."

정말 그런가 봐, 하고 나는 생각했다.

"짐 가지러 갈게요."

나는 먼저 전화를 걸고서 태어나고 자란 집에 갔다.

오랜만에 가는 그곳은, 공기가 정체되어 있었다. 새 교조는 할머니와 사이가 좋았던 '사이타 씨'란 아줌마였다. 겉보기에는 그냥 평범한 아줌마인데 초능력 비슷한 것을 조금 갖고 있는 사람이었다. 할머니가 죽었을 때는, 엄마랑 손을 맞잡고 힘내자고 하더니, 권력을 제 손에 거머쥔 사이타 씨는 눈초리가 매서웠다.

할머니의 뼈를 모셔 둔 번쩍번쩍한 제단이 있는 방에서 합장을 한 후 인사하러 갔다가 오랜만에 만난 것이다.

이 넓기만 한 집도, 사이타 씨도 내게는 과거였다. 흑백으로 보였다.

"신세 많이 졌어요."

내가 말했다. 신세 따위 지지도 않았는데, 왜 이런 말을 하는 것일까 하고 생각하면서.

"남아 있어, 마오. 돌아와. ……씨랑 함께 살면 되잖아."

사이타 씨가 말했다. 그것은 내가 이곳에 있을 때, 사귀면서 열심히 섹스를 했던 남자의 이름이었다. 그런 정보가 나돌아 다니고 있다니, 치가 떨렸다.

"됐어요, 나는 더 이상. 엄마도 떠났고. 남은 것은 할머니 추억뿐이니까."

나는 웃었지만, 사이타 씨는 심각한 표정이었다.

"할머니는, 남아 있으라고 하시지? 너는 알지? 엄마랑은 다르니까. 피가 그렇게 생겨먹었을 테니까."

"글쎄요, 그건 잘 모르겠지만. 할머니는 아마도 내가 살고 싶은 대로 사는 편이 좋다고 생각하실 거예요."

나는 말했다.

"사흘 동안, 생각해 봐. 사흘 사이에 넌 변할 거야. 진정한 사명을 깨닫게 될 거라구. 사명과 지명이란 말이 비슷한 것은 우연이 아니야. 실은 어제 그런 계시가 있었어. 그러고서 곧바로 너한테서 전화가 걸려 왔기에 확신했다. 그런 계시가 너를 인도하고 있으니, 눈을 떠. 지금 넌 눈앞에 있는 편안함에 미혹되어 있는 거야. 이 세상 모든 것이 공(空)이니까, 너도 그렇다는 것을 알고 있겠지? 내가 발하는 플러스 자기는, 너의 할머니가 계시는 저 높은 영계(靈界)에서 똑바로 내게로 내려오는 것이다."

사이타 씨는 진지한 얼굴로 불교와 스웨덴보르그*와 엉터리 과학이 뒤섞인 말을 시작했다. 우리 집이 언제부터 이런 꼴을 하게 되었을까, 하고 나는 생각했다. 옛날에는 훨씬 더 소박했는데, 지금은 한심해진 모양이다.

나는 떠나려고 일어나, 그만 가 보겠어요, 라고 말하고 내 방으로 가서 물건들을 정리했다. 그러자 갑자기 남자 두 명이 들어왔다. 한 명은 아는 사람이었다. 아마 최근 엄마의 남자였을 작자, 다른 한 명은 모르는 사람이었다. 그 사람들은 별안간 양쪽에서 나를 포박했다.

나는 저항했지만 입에도 수건이 처박혔다.

힘으로는 당할 수 없었다. 나는 지금은 창고로 사용하는 마당 한구석 광으로 끌려가, 거기에 내동댕이쳐졌다.

바깥쪽에서 문이 잠기고서야, 사태의 의미를 알았다. 사흘 동안 여기 있으라는 것이다.

---

* 1688~1772. 스웨덴의 과학자로 영계를 체험하고 천사와 대화를 나누었다고 한다.

어둡고, 창문은 저 높이 나 있었다. 곰팡이 냄새가 났다. 나는 벽을 더듬어 전기 스위치를 찾아, 불을 켰다. 그리고 유난스럽게 좋은 비누 냄새가 나는 수건을 입에서 꺼냈다. 토할 것 같았다.

그것이 냄새가 지독한 양말이 아니란 점이 오히려 이 장소의 음습함을 고스란히 드러내는 듯한 기분이 들었다. 화가 치밀어 얼굴이 뜨거워졌다. 그 열기가 내장을 태우는 듯한 느낌이었다.

하지만 그런 거 내 혼에 상처를 입힐 뿐 아무런 의미도 없다. 분해서 나는 지금까지 경험한 즐거운 일과 신나는 일을 떠올렸다. 몇 가지 너무 재미있는 일이 떠올라, 그만 키득키득 웃고 말았다. 어이가 없고 혼자서 바보짓 같았지만, 그런 공상이라도 하지 않으면 '세뇌'니 '연금'이니 하는 단어가 줄줄이 떠올라 우울해질 것만 같았다. 할머니는 꿈에도 이런 일은 바라지 않을 것이다. 여긴 어떻게 되는 것일까. 어떻게 돼도 상관없으니, 우리 집안과는 관계가 없어졌으면 좋겠다.

물도 없다, 먹을 것도 없다.

난 어떻게 하지. 엄마마저 종교를 떠난 지금, 할머니가 마음에 들어 했던 나는, 이 세상에 있다는 자체가 부담스러운 존재다. 설마 죽이지는 않겠지만, 이대로 여기에 갇혀 평생……. 그런 상상만 해도 마음이 약해졌다.

약한 마음을 연구했다.

약한 마음은 우선 육체에서 시작되어, 모든 약한 마음의 시뮬레이션으로 발전하려 한다. 앞으로의 온 인생을 약한 마음으로 살아가게 될 것만 같은 서러운 마음의 소용돌이가, 고픈 배에서, 더러워진 손발에서, 또 강제로 붙잡힌 몸의 통증에서 파생한다.

그러다 싫증난 나는 할 수 없이 주위에 널려 있는 자료를 팔랑팔랑 들춰 보았다. 할머니가 보여 준 수많은 초능력의 기록, 그리고 말. 파일에 정리되어 있거나, 필사본처럼 깨끗하게 정서되어 있다.

할머니의 몸을 떠나 이미 죽은 말인데, 소중하게 보관하고, 게다가 다른 사람들이 읽기까지 한다. 기억하고, 마음의 기둥으로 삼는다. 그 때문에 손녀딸이 창고에 갇히기도 한다. 예수나 부처님처럼 훨씬 더 위대한 사람이라면 몰라도 고작 우리 할머니 정도의 사람이 남길 수 있는 말이라니, 그래 봐야 뻔할 텐데. 지혜주머니 정도일 텐데. 바로 그 점이 좋았는데.

저녁이 다가오고, 밤이 왔다.

배가 고파 현기증이 났다. 이런 날이 사흘이나 계속된다고 상상하니, 견딜 수가 없었다. 패닉 상태에 빠질 조짐이 보였다. 정신을 놓으면 초조감이 끓어오르고, 어쩔 줄을 몰랐다.

바닥에 드러누운 나는 그 생각을 억누르기 위해 천장과 높은 창문을 뚫어져라 쳐다보았다.

요가라도 할까 싶었지만, 체력을 남겨 두는 편이 좋을지도 몰랐다.

잠 들 수 있다면 자는 편이 좋을까…… 하는 생각에 내 자신에게 최면을 걸어, 지금 나는 해변에 있다는 암시를 주기로 했다. 하치에게 배운 것이었다.

그렇게 애써 기분이 곰팡내에 녹아들고 바닷바람을 느끼게 되었을 즈음, 무거운 철문을 두드리는 소리가 났다.

"누구야? 꺼내 줘!"

나는 외쳤다.

아무런 반응이 없었다. 나는 문에 귀를 바짝 갖다 댔다. 그러다 문득, 나는 거기에 할머니가 있음을 알 수 있었다.

머리가 이상해진 것이 아니라, 할머니의 기운을 느낄 수 있었다. 할머니는, 그냥 거기에 서 있었다.

마음이 차분해졌다.

"할머니?"

할머니의 목소리가 들려왔다.

"여기서 떠나지는 않지만, 뼈는 피붙이네가 좋아."

뜻이 불분명했다.

그때, 불현듯 할머니의 기운이 사라지고, 대신 나를 부르는 목소리가 들렸다.

"마오?"

"엄마?"

어찌된 일인지, 할머니가 엄마로 바뀌어 있었다. 하지만 엄마는 벌써 전에 이모네 집으로 가고 없을 것이다. 나는 내 귀를 의심했다.

"금방, 문 열 테니까."

가칠가칠한 목소리가 들리고, 문이 열렸다. 그리고 엄마가 꿈속 같은 실루엣으로 서 있었다.

"어떻게 온 거야?"

"예감, 할머니가 가르쳐 준 걸까. 왠지 기분이 뒤숭숭하고, 가만히 있을 수가 없어서, 남은 짐 가지러 간다고 하고 나왔어. 딱히 오늘이 아니라도 전혀 상관없었는데 말이다."

엄마가 말했다.

"지금, 저녁 기도 시간이니까, 도망칠 수 있어. 이거, 네 짐이지? 전부 갖고 오지는 못했지만. 신발하고."

"고마워요."

엄마의 기민함이 놀라웠다.

엄마는 조그만 보자기 꾸러미도 들고 있었다.

"엄마, 그건 뭔데?"

내가 물었다.

"뼈."

"뭐라고! 할머니의? 나눠 가지고 온 거야?"

"아니. 전부. 지금은 이런 데 둘 수 없잖아."

"용케 다 가지고 왔네."

"뼈를 좀 나눠 달라고 했더니, 안 된다고 하길래, 분해서 오래전에 꺼내다 마당에 감춰 뒀어. 언젠가 가지러 오려고. 할머니께는 죄스럽지만. 뒷일은 그 사람들 멋대로 하면 될 테니까. 제단에 놓인 텅 빈 항아리에는 나무 뿌리 조각을 조심스럽게 싸서 넣어 두었는데, 당분간은 눈치채지 못할 거야."

"할머니도 그런 말을 했던 것 같아."

"너 역시 할머니랑 얘기하고 있었구나."

"가끔. 정말 가끔이야. 그보다 빨리 나가요."

"그렇구나."

나와 엄마는 광을 빠져나왔다. 그리고 할머니가 직접 쓴 '자비의 마을'이란 간판도 떼어 냈다.

"너무 분해서, 이거 태워 버릴 거다."

헝클어진 머리로 엄마가 말했다. 그 모습과 허둥대는 꼴이 야반도주를 하는 사람 같았다. 엄마는 할머니의 뼈를 싼 보자기와 간판을 들고, 나는 추레한 꼴로 큰 짐을 들고, 밤이 이슥한 거리를 뛰었다. 따뜻한 저녁이고, 달도 별도 밝았다. 모두들 느긋하게 거리를 걷는, 조용하고 아름다운 시각이었다. 그런데도 뒤에서 무언가 쫓아오는 듯한 느낌이 들었다. 쫓아오는 할머니 외에는 아무도 있을 수 없는데, 그런 기분이 드는 자신이 허망했다.

엄마는 훨씬 더 분했으리라.

이따위 판자때기, 다른 사람들에게는 아무 가치도 없는 그냥 나무 판자인데, 우리는 정신없이 뛰고 있다. 그 허둥댐이 우리가 이미 이 일에 관계하고 말았다는 증거다.

바보스럽기 짝이 없다. 그 바보스러움은 어지간한 일은 웃어 넘길 수 있을 만큼 컸다.

엄마와 바삐 걸으면서, 나는 내 머리 꼭대기에서 발끝까지를 적시는 어떤 감개를 느꼈다. 그것은 이동할 때만 얻을 수 있는 감각이었다.

싫든 좋든, 모든 것은 움직이고 있다는 느낌. 아무런 의미도 없이, 그저 움직이고 있다는 그런 느낌. 움직임의 기운도 있고 분명한 변화도 있는데, 거기에 아무런 색깔도 입혀지지 않는 듯한.

동네 어귀 정식집에서 밥을 먹었다.

엄마는 호텔에 묵고 싶지 않으니, 전철을 타고 이모네 집으로 가겠다고 했다.

선반 위 텔레비전에서는 야구 중계를 하고 있고, 내 몫의 크로켓 정식과 엄마 몫의 생선구이 정식 사이에 할머니의 뼈가 있었다.

이런 일이 있는 걸 보면, 어떤 일도 있을 수 있다.

그런 생각이 들었다.

"엄마, 남자랑 헤어졌어?"

"그런 사람, 권력만 쥐고 싶은 쩨쩨한 인간이야."

엄마가 말했다.

"모든 게 변하고 말았다. 좋았던 때도 있었어. 내가 이런 말 해 봐야 너는 인정하지 않겠지. 하지만, 정말 모두가 하나였던 때가 있었다. 이 세상에 이렇게 멋진 공간도 있구나, 하고 생각한 적도 있었고. 그런 것들을 위해서라면 무슨 짓이든 할 정도로 말이야. 아무도 쫓아내거나 가두거나 속이지 않아도 좋았어, 그때는."

나는 우물우물 열심히 먹었지만, 무수한 기분이 소용돌이치며 눈물이 나왔다. 엄마도 울고 있었다.

그만 울자, 분하다, 라고 엄마가 말했다. 비참한 입장도 아닌데 비참해지니까.

우리는 차를 마시면서, 할머니 앞에서 마지막이자 가장 조촐한 가족 회의를 열었다. 나는, 지금 남자랑 살고 있는데 그 사람이 외국으로 가는 날까지는 카드를 사용할 수 있게 해 달라고 부탁했다. 그 후에는 다시 학교로 돌아가더라도, 그림 공부를 하고 싶고, 또 자립하고 싶다고 말했다.

엄마는 보육원 일을 거들며 살고 싶다고 했다. 가능하면 이모와 함께, 그곳을 고아원 같은 시설로 만들고 싶다고.

두 사람의 길은 갈라졌다. 이제 함께 사는 일은 평생 없을 것이라고, 문득 깨달았다. 슬펐다.

엄마를 배웅하고 도쿄 역으로 갔다.

이상한 하루였다.

"짐 가지고 왔어?"

집으로 돌아가자 하치가 물었다.

"응."

나는 광에서 더러워진 옷을 잠자코 갈아입었다. 그리고 아무 말도 하지 않았다. 피곤했고, 이 공허한 마음이며 누군가의 폭력으로 생각이 바뀔 뻔했던 일이며, 생각하고 싶지 않았다.

"자유로워졌지만, 피곤하고, 대가는 치렀다고 생각해."

나는 그렇게만 말했다.

아는지 모르는지, 하치는 그렇겠지, 라고 대꾸했다.

하치의 마지막 연인

제5장

 일 년이 그렇게 지나고, 또 여름이 오고.

 사람들이 보통 이별 여행이라고 하는 것을 하기로 했다. 얘기로는 많이 들어서 훨씬 더 몸이 저미는 애달픈 것인가 보다고 생각했는데, 의외로 즐거웠다.

 다만 무겁게 구름진 오후, 이제 곧 외국으로 가 버릴 연인과 은방울 광장에서 만나 고속 전철을 탄다는 데서, 조금은 죽음의 냄새가 나는 듯한, 공허한 쓸쓸함을 느꼈을 뿐이다.

 그러나 그때 나는 엄마와 과거로부터 해방되어, 희망에 불타고 있었다. 희망은 두려움을 녹여 버린다. 앞길은 빛나고 있었다. 모든 것이 그 빛 속에 있었다.

 헤어져도.

그래서 별로 슬프지도 않고, 그렇다는 것이 오히려 이상할 정도였다.

다이마루 백화점 지하에서 햄버거 도시락을 사고, 맥주를 마시면서 스쳐 지나가는 도쿄를 보았다.

나는 오만할 정도로 젊고, 모든 것을 꼼꼼하게 느낄 수 있기에는 아직 모자랐다. 게다가 아픔을 보지 않는 버릇이 바이러스처럼 내 마음 밑바닥에 둥지를 틀고 있었다.

가와츠 구석지에 있는 오래된 여관에 묵었다.

옛날에, 할머니에게서 들은 적이 있는 여관이었다. 벌써 오래전에 죽은, 나는 얼굴도 본 적 없는 할아버지와 신혼여행 때 왔다고 했다.

그곳 사람들은 상냥하고, 우리가 어린애들처럼 젊은데도 싫은 표정 하나 짓지 않았다.

그래서 나는 그만, 이렇게 말하고 말았다.

"이 사람이 외국에 나가 살게 돼서, 일본 온천에 데리고 오고 싶었어요."

창문 밖 여기저기에 민물고기를 양식하는 연못이 보인다. 노천 욕탕으로 이어지는 통로가 그 연못을 가르듯 나 있다. 먼, 시골 고향 같은 정경이다.

산이, 보는 사람을 껴안듯 자리하고 있었다. 소담스럽게 초록을 띠고.

할머니 같다고 나는 생각했다. 고요하고 커다랗게 있으면서, 아무것도 요구하지 않는. 주위에서 야단법석을 떨어도 동요하지 않는. 차분해진다.

아아, 이 나라의 산은 우리 할머니다. 그렇게 생각했다. 조그맣고 동그랗고 결코 유명하지 않은데, 완벽한 형태로 진실을 말하고 있다.

민물고기와 산나물을 듬뿍 사용한 저녁 식사를, 오래된 나무들로 꾸며진 식당에서 조용조용 먹었다. 텔레비전 같은 것도 없고, 커다란 창문 너머로 강물 소리가 들릴 뿐이었다. 할머니와 할아버지가 왔을 때도 모든 게 지금과 똑같았으리라.

여관 주인이 정종도 거저 내주고, 메뉴에 없는, 가족끼리 먹는 반찬도 내다 주었다.

"외국이라면, 어딥니까? 사실 곳이."

하치가, "인도입니다."라고 대답하자 놀라는 투였다.

만약 부부였다면 이런 식으로 올 테지, 해마다 몇 년을 계속해서.

하치가 우리 방이 아닌 곳에서 양복을 옷걸이에 거는 모습을 처음 보았을 때, 그런 기분이 엄습했다.

남편이 되고, 아버지가 되고, 이 나라에서 중년이 되어 가는 하치의 등을 보고 싶었는데.

한밤에 둘이 몰래 캄캄한 노천 욕탕에 들어갔다.
울창한 숲의 향이 낮보다 한층 짙게 풍겼다.
세찬 강물 소리가 어둠을 헤치고 흘렀다.
삼나무와 대나무 숲을, 뽀얀 달이 비추고 있었다.
뜨거운 탕에서 피어오르는 김에, 모든 것이 환상적으로 번져 있었다.
우리는 어둠 속에서, 더듬더듬 맥주를 마셨다.
그리고 많은 이야기를 나누었다. 몸이 불어 쭈글쭈글해졌을 즈음, 어둠에 눈이 익어 별자리를 찾을 수 있게 되었을 즈음.
눈앞 대나무 숲에서 사람 그림자가 어른거렸다.
가늘고, 하얗게, 이쪽을 보고 있었다.
"거기 누구 있어요?"
나는 눈을 찡그렸다. 한밤의 3시에 깊고 캄캄한 대나무 숲 속에.
누군가 멍하니 서서 손을 흔들고 있다.
그 얼마나 아름다운 정경이었던가.
"나는 보이지는 않지만 느껴져. 저 네 번째 키 큰 대나무 언저리에."

하치가 말했다.

"……엄마다."

내가 말했다.

"그렇군, 배웅하러 온 거야. 하코네에서 죽었으니까."

"아직 이승에서 떠돈단 말이야?"

"그런 게 아니고, 그냥 나를 만나러 왔겠지."

하치는 눈을 가늘게 떴다.

"아주 깨끗하고, 맑은 기운이니까."

나는 알몸으로 일어나 손을 흔들었다.

분명 거기에 그 사람이 있다. 너무 멀어 잘 보이지도 않고 어둠에 퍼져 꺼져 버릴 듯하지만, 그 영상은 영화처럼 마음에 새겨졌다. 우뚝 솟은 새카만 대나무 뒤에, 보일 듯 말 듯 조그만 몸의 강렬하고 눈부실 정도의 하양. 천천히 손을 흔드는 동작이 흐르는 잔상이 되어 신선한 숲의 향과 함께 밤 속으로 녹아들었다.

너무 아름다워서 슬프지도 않았다.

온 사방이 거짓말처럼 아름다운 탓인가, 당연한 일인 듯 여겨졌다.

밤의 어둠을 틈타 행해지는 무언가를 언뜻 엿보고 말았다.

하지만, 이런 광경을 볼 수 있어 기뻤어, 고마워. 할 수만 있다면 엄마에게 그렇게 말하고 싶었다.

"너는 이제 유령을 볼 수 없을 거야."
방으로 돌아오자, 하치가 말했다.
갑자기 밝은 곳으로 들어와서인지 눈 깜짝할 사이에, 지금까지 어둠 속에서 있었던 일이 모두 꿈처럼 생각됐다.
김이 모락모락 피어오르는 노천탕, 하얗게 드러난 자신의 피부. 아름다운 엄마의 기운, 하늘에 닿을 듯 치솟은 대나무 숲, 흔들리는 나무들, 밤을 지나는 바람과 빛나는 별, 그 모든 게 뒤섞인 신선한 음악 같은 것이, 밤에 녹아드는 모습.
"왜?"
"지금은 아직 젊으니까, 에너지를 들쭉날쭉 방출하니까, 보이는 거야."
"안 되는 거야?"
"안 된다든가, 된다든가 그런 게 아니야. 그렇지만 원래는 유령을 보는 타입이 아니라고 생각해."
"할머니하고, 엄마뿐이잖아."
"그 정도겠지, 아마."
"하치는 안 보여?"

"기운만 느껴."

"너 정도의 사람도?"

"단련할수록, 점점 보이지 않게 되는 법이야."

"흐음, 그렇구나."

텔레비전 빛 속에서 섹스를 했다.

익숙지 않은 유카다가 몸에 휘감겨, 웃었다.

마지막에는 알몸으로 잠들었다. 오늘은 옷을 입고 있는 시간보다, 벗고 있는 시간이 조금 더 길었네, 라고 하치가 말했다. 정말 그래서 나는 어둠 속에서 쿡쿡 하염없이 웃었다.

돌아가는 버스 안, 우리는 놀다 지친 어린애들처럼 햇살과 바람에 이마를 드러내 놓고 있었다. 활짝 열어 둔 차창으로 흘러가는 녹음과 산 경치를 바라보면서, 나는 불현듯 외로워졌다.

"아, 싫어. 하치가 없어지다니. 다시는 같이 놀 수 없다니."

나는 울었다. 견딜 수 없어서 울었다. 눈물은 뜨겁게, 햇살에 달아오른 뺨 위로 줄줄 흘러내렸다.

"너 대체 뭐야. 내가 울 때는 천연덕스럽게 모르는 척하더니."

하치가 말했다.

그런 법이다.

하치가 가고 싶어 하지 않았을 때, 나는 내 새로운 생활에 들떠 슬픔이란 개념이 하늘 너머에 있는 뜬구름 같은 상태였다.

지금, 하치의 마음은 저 먼 히말라야 쪽으로 다가가고 있다. 결심도 섰고, 다음 생활에서 즐거움을 찾아내기 시작했다. 그런 때에야 나는 깨닫는다.

정말 마음에 든 사람끼리는 언제나 이런 식으로 술래잡기를 한다. 타이밍은 영원히 맞지 않는다.

그러는 편이 낫다. 둘이서 운다고 어떻게 되는 것도 아니다.

둘이서 웃는다면 몰라도.

거짓말처럼 빙빙 돌며 솟아 있는 나선형 교각을 올려다보면서, 그런 생각을 했다.

햇볕이 내 눈물을 말리고, 치유하고, 안아 주었다. 산나무들은 여름이야, 여름이 왔어, 라고 내게 말을 건네 주었다. 두 번 다시 오지 않는 여름이야, 잘 봐, 라고.

히말라야의 저 혹독하고 아름다운 자연도, 하치를 안아 줄 테지.

그런 생각이 나를 위로했다.

눈물 너머로 올려다본 하치가, 무슨 말인가 하려고 했다. 나는 집게손가락을 입술에 대었다.

하치는 잠자코 앞을 보았다. 나도 보았다.

버스는 흔들리며 언덕길을 내려간다. 나란히 앉은 다리가, 허벅지께가 맞닿아 있다.

지금, 같은 생각을 하고 있다.

지금, 똑같은 생각을 하고 있다. 조용히. 귀기울여 느끼리라.

빛이 두 사람의 무릎에서 넘실거린다. 앞쪽에서 할머니가 끄덕끄덕 졸고 있다. 운전사 앞에는 가족 사진이 붙어 있다. 길가에 있는 수많은 여관에 한가로운 오후가 찾아들고 있다. 나무들이 빛을 품고 흔들리고 있다. 바람, 시원한, 최고의 바람.

버스가 흔들리고 있다. 빛이, 춤추고 있다.

아무쪼록 그것만으로, 이대로.

영원히 지워지지 않는.

여름의, 기적의 포옹을.

둘만이서, 단둘이서.

하치는 짐을 정리한 후 여러 사람들에게 전화를 했다. 잠시 인도에 다녀오겠노라고.

둘이서 집을 나와, 한동안 싸구려 호텔에서 생활했다.

그래서 마지막 추억은, 아침, 뷔페를 먹으러 내려가는 계단의 이미지가 강하다.

그리고 호텔 창으로 보이는 호화찬란한 신주쿠 거리.

평화로웠다.

하치의 방에서 짐을 정리하다 나온 낡은 책을 침대에서 읽기도 하고, 한밤에 카페에 가기도 하고, 둘이서 노래방에 가 목이 쉴 때까지 밤 새워 노래하기도 하고, 옆에 있는 일류급 호텔의 수영장에도 갔다. 도시의 연인다운 생활이었다.

타고 남은 불이지만 선명하고, 또렷하고, 조용한 나날이었다.

하치가 어느 날, 말했다.

"내 머릿속에서 마오는 언제까지나, 열다섯 살 때 그대로일 거야."

"아니야, 열일곱이야."

"그건 지금이잖아, 지금 말고 처음 만났을 때, 한밤에 도넛 가게에서."

"아아, 그때, 응, 열다섯인가 여섯이었지."

"그때 너의 가느다란 팔다리와 암울한 눈, 퉁명스러운 태도, 세상은 물론 자기 자신과도 조화롭지 못해서, 아무렇게나 빛났던 너는 굉장히 매혹적이었어. 그렇게 가슴이 두근거린 적이 없을 만큼. 집에 도착했을 때는, 세상에 이렇게 신나는 일이 있을까 싶었지."

"어어, 그래, 지금이 아니란 말이지."

"인도에서 너를 떠올리면, 틀림없이 그 장면이 떠오를 거야."

하치는 애틋하게 말했다.

뭐야, 지금의 조금은 성숙한 나보다 그 무렵의 내가 좋단 말이야. 이거야, 엄마의 저주로군, 하고 나는 생각했다. 꽤나 멋들어진 저주였다.

마침내 하치가 떠나는 날도, 딱히 슬프지 않았다. 알렉산드로 조반니 제레비니를 비롯해서 모두들 방에 모여, 온밤을 새워 파티를 즐겼다.

자는 사람도 있고, 노래하는 사람도 있고, 춤추는 사람도 있고, 먹기만 해 대는 사람도 있어, 재미있었다. 창 밖이 새파랗게 물든 새벽녘이 되어서야 모두들 돌아갔다. 알렉산드로 조반니 제레비니가 엉망으로 취한 사람들을 두드려 깨워 데리고 돌아간 것은, 우리 둘에게 시간을 주려는 그의 배려였으리라.

방으로 스미는 새파란 새벽 빛에 온몸을 물들이면서 우

리 둘은 한 침대에 파고들어 가, 진흙 뻘처럼 잠들었다. 꿈도 꾸지 않았다. 하치의 몸이 따스하네, 라고 생각했을 뿐이다.

나는 꿈을 꾸고 확실하게 깨달았다.
그것은, 하치와 하치공 동상 앞에서 만나기로 약속하는 꿈이었다. 둘이 같이 살지도 않고, 어찌된 일인지 평범한 고등학생이나 대학생 같은 분위기였다. 이상하네. 아마도 요즘의 생활이 전부 이미지가 되어 꿈으로 나타난 것이리라고 생각한다.
외로운 것만 빼고.
하치가 다가온다. 여름이었다. 빛이 춤춘다. 역 앞의 인파, 모두들 눈이 부셔 얼굴을 찡그리고 있지만 행복한 듯 보인다. 반소매와 소매 없는 어깨의 물결. 오후는 저녁을 향해 한 걸음 내딛고, 태양은 희미하게 금색을 띠고 있다.
이제 우리는 저 끔찍한 인파 속을 헤엄치듯 헤치고 네거리를 건너, 수입 시디 가게를 순례하며 오래오래 시디를 볼 것이다. 돈이 별로 없으니까, 찬찬히 음미하지 않으면 안 된다.
그리고 주변의 빌딩이나 백화점에 들어가, 시간을 죽이리라.

하늘이 어두워져 거리가 인공적인 빛으로 가득해지고, 공복을 견디기가 힘들어지면, 그때 기분에 따라 먹고 싶은 것을 먹으러 가리라. 온 지식을 총동원해서 미로처럼 복잡한 골목길을 지나, 목표로 하는 가게로 가리라.

그런 후에는 심야 영화를 보든지, 좋아하는 음악을 볼륨을 잔뜩 올려 틀어 주는 곳이라면 어디든 가리라.

그러다 지치면, 한밤에도 열려 있는 가게, 라보엠이나 그런 데 들어가서, 또 차를 홀짝홀짝 마시리라.

그러고도 헤어지기 어려워 보나마나 하치의 집이나 우리 집으로 걸어 돌아가든지, 산책하리라.

도중에 햄버거를 먹을지도 모른다. 아니면 아오야마 북 센터에 가서 책을 볼지도. 도시의 밤은 영원처럼, 시간이 늘어났다 줄어들었다 한다. 그런 시간과 춤을 추자……. 꿈속에서는 하치가 인도로 가게 되어 있지 않고, 막 여름 방학이 시작된 것 같은 기분이었다. 무언가 잊고 있는 듯한 느낌은 들었지만, 그것이 무척 중요하지만 슬픈 일인 듯도 했지만, 아무래도 상관없었다.

그 설정 속에서 나는 아무 문제도 없는 여고생 같았다. 그래서 자연스럽게 이런 생각을 했다.

이렇게 평범하고 돈 안 드는 데이트 스타일이 고리타분해질 때까지, 두 사람의 수입으로 방을 빌려 온 힘을 다해 살아가게 될 때까지, 어린애가 생길 때까지, 나이 들어 시골에서 둘이 살게 될 때까지, 이런 나날을 계속하자, 일요일마다.

하치가 진지한 눈으로 나를 보고 말한다.

"우리 둘이 나이가 들어서도 영원히 잊지 말자, 약속한 날을 기다리는 설레는 기분을. 비슷비슷한 밤이 오는데 절대로 똑같지 않다는 것을. 우리 둘의 젊은 팔, 똑바른 등줄기. 가벼운 발걸음을. 맞닿은 무릎의 따스함을."

"당연한 일을 가지고, 뭐 그렇게 잘난 척해, 무슨 영화 주인공이라도 된 것처럼."

기가 차서 내가 말한다.

거기서, 눈을 떴다.

신기하게도 하치는 깨어 있었다.

옆에 있는 어깨가 꿈에서 깨어났다는 유일한 증거였다. 아직도 사방은 파랗고, 정신이 이상해질 것 같았다.

동그랗게 뜨인 투명한 눈이, 똑바로 나를 쳐다보고 있었다. 꿈속과 똑같은 눈길이었다.

하치, 하고 이름을 불렀다.

어? 하치가 대답했다.

나는 울음이 나왔다.

하치와 데이트도 하고 싶었고, 두근거리는 가슴으로 하

치의 방에 가서, 첫 키스를 하고 싶었다. 애가 태어나자 여기저기로 전화를 거는 하치를, 축 늘어진 배로 보고 싶다. 신생아실에는 갓난아기가 있고, 아아, 키우기 귀찮아. 집 없는 개나 고양이를 주어다, 어쩔 수 없이 키우기도 하고. 그리고 같이 바다에 가고 싶었다. 매일 수영도 하고, 해변을 산책하고도 싶었다. 또 쓰잘데없는 말싸움과 하치가 보기 싫어서, 없어지면 좋을 텐데, 하고 생각해 보고 싶었다. 어느 쪽이 신문을 먼저 읽느냐고 티격태격하기도 하고, 무수한 히트 송이 과거가 되어 가는 것을 함께 느끼고 싶었다.

모든 잡다한 일들을, 좋으니 나쁘니 따지고만 있을 수 없는, 이미 일어난 모든 일들을 복작복작 포함한 하나의 우주를 만들어, 어느 틈엔가 유유히 흘러, 정신을 차리고 보니 이 세상에서 가장 멋진 곳에 있기를.

그래, 그러니까 말이지, 그런 책임을 함께하는 것.

나는 울면서 호소했다.

모두들 이렇게 멋진 일을 매일 하고 있는데, 왜 모두들, 어째서 특별하게 행복하지 않은 거지?

"아무쪼록."

하치가 말했다. 기도하듯 신성한 울림으로.

"마오가 누구 다른 사람이랑 하나가 되었을 때, 그 기분을 간직할 수 있기를."
 나는 울음을 멈췄다. 시간이 아까워서.
 "고마워."
 오기를 부려 웃는 얼굴로 말했다.
 하치에게 좋은 인상을 남기기 위해서.

끝, 시작

 나리타에서 하치가 날아간 후, 한동안은 외로움에서 헤어나지 못했다.

 한밤에 눈물로 눈을 떴는데, 하치의 몸이 옆에 없다니. 용납할 수 없었다.

 토하리만큼 울기도 하고, 머리를 베개에 부딪치기도 하면서, 오로지 시간이 가기만을 기다렸다. 눈이 퉁퉁 부어 외출도 못 하고, 뭘 봐도 하치 생각만 나서, 지옥이었다.

 그때는 하치가 살아 있는데도 만날 수 없음이, 무엇보다 고통스러웠다.

 차라리 죽음으로 헤어졌다면 깨끗이 단념할 수 있을 텐데, 하고 생각했다. 내일, 인도로 떠나자고 한밤에 몇 번이나 마음먹기도 했다.

'평생 찾아다니자, 찾으면, 돌아와, 필요하니까 돌아와 달라고 애원하자.'

그러면 마음이 가벼워지고, 고통이 사그라든다. 하지만 아침이 오면, '역시 그만두자.' 하고 생각한다. 그러면 또 아픔이 밀려온다.

이별이란 이 얼마나 성가신 것인가.

그러나 생활은 쾌적했다. 나는 알렉산드로 조반니 제레비니의 집으로 굴러들었다. 달리 선택의 여지가 없었다.

물건이 넘치는 그 집에서, 내가 간신히 차지할 수 있는 방은 자그마했지만 전혀 불편하지 않았다.

알렉산드로 조반니 제레비니는 이따금 목욕하는 나를 들여다보았다. 그러나 범하지는 않았다. 한번은 술에 취한 그가 키스를 했을 때 하마터면 당할 뻔했는데, 나는 미키짱을 좋아하니까 울리고 싶지 않다고 했더니, 두 번 다시 가까이 다가오지 않았다. 역시 이탈리아 남자는 신사다.

게다가 알렉산드로 조반니 제레비니는 집을 비우기 일쑤라, 나는 거의 혼자 사는 사람 같은 기분이었다. 그래도, 늦은 밤에 나를 깨우지 않으려 조심조심 여는 문 소리와 바스락거리는 소리가 나면 안심이 되었다. 가끔은 나 따위 깨어 있든 자고 있든 아무 상관 없다는 식의 '사랑의 소리'

가 격렬하게 들렸다. 상대방이 미키짱이 아닌 경우도 있었지만, 성욕 운운할 때가 아닌 내게는 그런 소리조차 보드라운 봄비 소리처럼 느껴졌다.

쓸쓸한 내 마음의 초원에, 조용히 뿌려지는 타인의 소리.

한동안은 밥도 먹을 수 없었고 물론 그림도 그릴 수 없었지만, 알렉산드로 조반니 제레비니는 아무 말도 하지 않았다.

그릴 수 있게 되고부터는, 마음에 드는 그림이 있으면 집세 대신 가졌다. 마음에 드는 것이 없는 달에는 갖지 않았다. 그런 식으로 취급하면, 흥, 당신을 위해서 그리는 게 아니라고! 하고 생각하면서도, 아니, 두 말 하지 않고 갖고 싶어 할 훨씬 더 좋은 그림을 그려 주지, 하고 생각하는 법이다.

지금 생각하니, 바보 같다는 느낌이 든다. 요즘 세상에 수행이라니, 얼마나 어이없는 일인가. 심각한 표정으로 히말라야지 어딘지로 가 버리다니, 정말 별나다.

꿈이었나, 하고 생각하는 때마저 있다.

로맨틱하고 순박한, 나의 하치가 있었던 것.

둘이 틀림없이 함께 살았고, 시간이 아닌 무엇을 새겨

나갔다는 것.

아니, 모두, 정말, 있었던 일.

뜻하지 않게 하치가 찾아온 그 여름날, 그날은 내 생애에서 가장 행복한 날이었다.

비관적인 것은 아니다. 앞으로 찾아올 어느 미래의 행복한 날은 그저 그날의 변주에 지나지 않는다는 뜻이다. 첫 경험은 언제든 격렬하게 빛나고, 눈 깜짝할 사이에 지나가고, 그리고 가장 굉장한 것이다.

확신할 수 있다. 할머니처럼 쭈글쭈글 주름투성이가 되어 죽을 때, 나는 분명 이렇게 생각하리라. 최고의 날에 대해.

'그 한여름날, 역시 그날이야.'

그 모든 것, 바람과 빛의 여운, 1초도 놓칠 수 없었던 정교하고 아름다운 과정. 신은 반드시 있다고 얼마나 생각했던가. 기적은 있다고 얼마나 믿었던가. 숨을 죽이고, 얼마나 그것을 기다렸던가.

그 과거의 느낌을 분명하게 말하고 싶어서, 그 기분을 가슴에 뜨겁게 간직한 채, 검푸른 초원 같은 추억의 향에 질식해 죽고 싶다. 타오르는 햇살 아래, 끝없는 보리밭을 상상하며, 걸어가 사라진다. 한없이 하치에게로 이어지는 길을. 친밀했던 사람들 모두에게 일일이 작별을 고하고, 마침 적당한 어느 여름날에, 나는 죽고 싶다.

하치는 나보다 틀림없이 오래 살 것이다. 식사는 간소하고, 환경도 좋으니까. 내가 죽을 때도 아마 하치는 살아 있을 것이다.

"좋아, 몸을 떠나면 혼이 되어 얼굴이나마 보러 가지 뭐. 혼 같으면 인도든 어디든 한 걸음. 나를 알아보는지 어떤지, 수행은 잘하고 있는지 봐 줄게, 유령은 보이지 않는다는 둥, 그런 소리 할 수 없을 정도로 졸졸 따라다녀 줄게."

그런 몽상을 한다.

"데리러 왔어, 약속한 대로."

"많은 남자들이랑 잤지만, 정말 사랑한 건, 딱 한 사람뿐이었어."

그럴 리 없겠지만. 왜냐하면 '나의 마지막 연인'이 하치라고는, 아무도 말하지 않았으니까.

더 좋은 많은 일들이 나를 기다리고 있다. 누구도 예언하지 않으니까 더듬더듬 찾아갈 테지만, 가장 멋진 일. 하치랑 함께였을 때처럼 재미있어서 어쩔 줄 모를 일이.

눈앞에 없는 사람 따위, 모른다.

하치를 사랑했던 것처럼, 언젠가 누군가를 사랑하겠지만.
그저, 그런 일들을 생각하곤 할 뿐이다.
하치의, 마지막 연인의 의무로써.

군밤

 나는 고등학교로 복학했고, 미술을 공부하는 학교에 가려고 생각하고 있다. 돈이 없으니까 국립에 들어가기 위해 열심히 노력하는 길밖에 없지만, 단기대학이나 전문학교에 갈 수 있는 가능성이 있는지, 지금은 그런 생각할 마음의 여유도 없지만, 조금씩, 미래란 것을 실감할 수 있게 되었다.
 머지않아, 좀 더 건강해지고, 마음을 저 하늘을 향해 활짝 펼칠 수 있는 날이 올 것이다. 그렇게 생각하고 마음껏 웅크리고 있기로 했다.
 《코스모폴리탄》의 편집장 아줌마도 비슷한 말을 했다.
 '실연했는데 억지로 기운 내려 애쓰는 것은, 미처 익지도 않아 시퍼런 바나나를 레인지에 넣어 노랗게 만들려는 것'이라고.

가을이 깊어진 어느 저녁 나절, 나는 시부야에서 알렉산드로 조반니 제레비니와 만나기로 했다.

밤에 셋이서 미키짱의 생일 축하 파티를 하기로 했는데, 그녀가 회사 일을 끝내고 나오는 약속 시간보다 먼저 만나 둘이서 선물을 사자고, 그가 제안했던 것이다.

이탈리아 사람이란 아저씨가 되어서도 이 얼마나 발상이 귀여운 인간인가.

가을의 도시는 공기가 투명하고, 밤빛이 반짝반짝 빛난다. 사람들이 아무리 북적거려도 어딘가 모르게 멀고 아름답게 느껴진다.

나는 옆에 있는 사람이 하치라면 좋을 텐데, 하는 생각에 다시금 슬퍼졌다. 그러나 애써 웃는 얼굴로 선물을 샀다. 백화점의 밝은 조명 아래서, 그녀를 대신해 화려한 슈트를 입어 보는 사이 마음이 밝아졌다.

밖으로 나가자 바람은 싸늘하고, 약속 시간까지는 아직도 여유가 충분했다. 커피라도 마실까, 하며 선물이 든 커다란 쇼핑백을 오른손에 든 알렉산드로 조반니 제레비니가 내게 왼팔꿈치를 내밀었다. 나는 여느 때처럼 천진스럽게 그와 팔짱을 끼고 걷기 시작했다.

"꽤 춥네요."

"으응."

그의 코트에서는 외국 향수 냄새가 풍기고, 그의 듬직함은 나를 쓸쓸한 거리로부터 지켜 주었다. 나는 '아아, 친구란 참 좋은 거네, 하치였다면……. 이런 생각해서 미안해. 지금 나는 친구랑 있고, 이제 다 같이 밥 먹으러 갈 거야. 제법들 괜찮아.'

나는 그런 생각에 몸이 저몄다.

"그렇지, 밤 먹자, 군밤."

그가 갑자기 멈춰 서서, 군밤을 사 가지곤 그 자리에서 봉지를 뜯었다. 봉지 안에서 밤이 구워질 때의 두근거리는 마음 같은 고소한 냄새가 났다. 우리는 길에 서서 우물우물 먹으면서 서로 미소 지었다.

왠지 가 본 적 없는 외국에 있는 것처럼 신선한 순간이었다. 나는 여기서, 인파로부터 살짝 숨듯이 친구와 밤을 까먹고, 그리고 하치는, 지금.

"죽은 게 아니야, 살아 있어……. 이 순간에도, 어느 하늘 아래선가."

문득 깨달았다. 하치는 지금 이 순간에도 살아 있고, 나처럼 이렇게 누군가와 무언가를 하면서, 살아 있는 시간을 새기고 있다.

지금까지는 슬퍼서 어쩔 줄 몰랐던 그 일이, 눈물이 나올 만큼 기뻤다. 마치 두꺼운 구름 사이로 금색으로 빛나는 햇살이 비치는 것처럼, '지금'이 마력을 발휘한 것이다.

그런 기분으로 휘 돌아보니, 알렉산드로 조반니 제레비니 너머로 생기발랄한 색채를 꼭꼭 담은 거리가 펼쳐져 있었다. 달도 오늘밖에 없는 색과 각도로 빌딩 저 편에서 조그맣게 빛나고 있었다. 군밤을 먹으면서 오늘 있었던 일을 두런두런 얘기하는 우리 옆으로, 알록달록한 자동차들과 사람들이 잇달아 지나간다.

이런 시간이 조금씩 늘어나, 나는 하치를 잊지는 않지만, 잊으리라.

슬프지만, 멋진 일이다. 그렇게 생각한다.

옮긴이의 말

운명처럼 다가온 사랑이 세상으로 통하는 무지갯빛 다리를 놓아 주고, 생의 한때를 지탱해 주는 것은 우리네들 삶 속에서도 흔히 있는 일이다.

그러나 그 사랑에 생활이 개입되면 세상은 온통 잿빛으로 변하고 사랑 또한 증오와 줄다리기를 하게 된다. 그래서 우리는 가공의 사랑을, 영원히 변하지 않는 환상의 꿈을 그리게 되는 것이리라.

요시모토 바나나가 우리에게 선사하는 사랑의 꿈은 이렇듯 변덕스러운 사랑에 지친 우리들의 마음을 초겨울 이슬비처럼 애잔하고 호젓하게 적신다. 그녀가 그리는 사랑은 한여름의 폭풍우처럼 격렬하지도, 폭풍우가 지나간 다음의 무더위처럼 끈적거리지도 않는다. 왜냐하면 그녀 소설의 주인공들에게는 오늘의 먹거리를 위한 시름도, 내일을 살기 위한 의무도, 또 오래도록 변치 말자는 약속도, 자기 곁을 떠나지 말아 달라는 애원도 없기 때문이다.

오직 그녀의 주인공들에게 중요한 것은 사랑의 상징과 교감뿐인 듯하다.

그래서 종종 이 세상 것이 아닌 것처럼 여겨지는 종교적인 대화 방법이나 육체적인 언어가 사용되는 것이리라. 말로 설명하지 않으면 사랑조차 용이치 않은 이 메마름 속에서, 많은 말이란 오히려 사랑의 완벽성을 깎아내릴 터이므로.

하지만 그렇게 서로를 구속하지도 않고 의무도 지우지 않는 그림 같은 사랑이라도 아무 기능이 없다면 무위로 추락하기 십상이다.

하치의 마지막 연인인 마오는 다소 뒤틀린 성장기를 보낸 소녀다. 집은 '종교 단체 비슷한 곳'이고 할머니는 그곳을 이끄는 정신적 지주, 엄마는 할머니의 우산 아래서 그곳을 드나드는 남자들과 열심히 육욕을 살찌우고, 자식의 고뇌 따위 아랑곳하지 않는다. 마오는 철저하게 자기가 싫어 하는 환경 속에 갇혀 있다. 그녀가 보는 세계는 생기도 활기도 없이 죽어 있는 회색이다. 마오에게 세계와의 통로는 차단되어 있고, 그녀는 세상과 어떤 언어로 대화해야 할지를 모른다. 요컨대 그녀는 세상과 어떻게 접하면 좋을지를 모르는, 또는 타인과 어떻게 교류해야 할지를 모르는, 자기 세계 안에서만 숨쉬는 자폐아이다.

운명처럼 마오의 닫힌 세계의 문을 살며시 열고 나타난 하치는, 세계로 통하는 다리를 놓아 주고, 그녀의 손을 잡아 알록달록 채색된 세상으로 조심조심, 소리없이 인도한다.

별하늘과 교류하고 인류의 평화를 기원하는 하치가 만들어 놓은 여유롭고 자연스러운 열린 공간에서, 마오는 자기 내면에 갇혀 있던 표현의 욕구를 해방시키고, 죽어 있던 시간에 회생의 숨을 불어넣는다.

이 작품에서 사랑이란 그렇게 기능한다.

자기 자신 안에 갇혀 있는 마오에게 세상으로 이어지는 다리를 놓아 주고, 자기만의 언어를 깨닫게 하고, 그리고 그 존재의 기억으로 삶의 바다에 노저어 나갈 수 있게 하는 힘으로 말이다.

1999년 무더위 속에서
김난주

옮긴이 **김난주**

1987년 쇼와 여자대학에서 일본 근대문학 석사 학위를 취득했고, 이후 오오쓰마 여자대학과 도쿄 대학에서 일본 근대문학을 연구했다. 현재 대표적인 일본 문학 전문 번역가로 활동하며 다수의 일본 문학을 번역했다. 옮긴 책으로 요시모토 바나나의 『키친』, 『하드보일드 하드 럭』, 『하치의 마지막 연인』, 『암리타』, 『티티새』, 『불륜과 남미』, 『몸은 모든 것을 알고 있다』, 『허니문』, 『하얀 강 밤배』, 『슬픈 예감』, 『아르헨티나 할머니』, 『왕국』, 『해피 해피 스마일』, 『무지개』, 『데이지의 인생』, 『그녀에 대하여』 등과 『겐지 이야기』, 『모래의 여자』, 『가족 스케치』, 『훔치다 도망치다 타다』 등이 있다.

하치의 마지막 연인

1판 1쇄 펴냄 1999년 9월 5일
1판 36쇄 펴냄 2009년 9월 18일
2판 1쇄 펴냄 2011년 3월 4일
2판 7쇄 펴냄 2021년 2월 10일

지은이 요시모토 바나나
옮긴이 김난주
발행인 박근섭, 박상준
펴낸곳 (주)민음사

출판등록 1966. 5. 19. 제16-490호
주소 서울특별시 강남구 도산대로1길 62(신사동)
강남출판문화센터 5층 (우편번호 06027)
대표전화 02-515-2000 | 팩시밀리 02-515-2007
홈페이지 www.minumsa.com

한국어 판 ⓒ (주)민음사, 1999, 2011. Printed in Seoul, Korea
ISBN 978-89-374-0325-5 (03830)

* 잘못 만들어진 책은 구입처에서 교환해 드립니다.